Cenotafios
2022 © José Luis Gómez Lobo
Published in agreement with Ediciones Arlequín

Edição: Felipe Damorim e Leonardo Garzaro
Assistente Editorial: Leticia Rodrigues
Tradução: Camila Assad e Reynaldo Damazio
Arte: Vinicius Oliveira e Silvia Andrade
Revisão: Miriam de Carvalho Abões
Preparação: Ana Helena Oliveira e Lígia Garzaro

Dados Internacionais de Catalogação na Publicação (CIP)
(Câmara Brasileira do Livro, SP, Brasil)

L799c

Lobo, José Luis Gómez

Cenotáfios / José Luis Gómez Lobo. Tradução de Camila Assad, Reynaldo Damazio. – Santo André - SP: Rua do Sabão, 2023.

176 p.; 14 x 21 cm

ISBN 978-65-81462-08-6

1. Literatura em espanhol do México. I. Lobo, José Luis Gómez. II. Assad, Camila (Tradução). III. Damazio, Reynaldo (Tradução). IV. Título.

CDD M860

Índice para catálogo sistemático
I. Literatura em espanhol do México
Elaborada por Bibliotecária Janaina Ramos – CRB-8/9166

Editora Rua do Sabão
Rua da Fonte, 275 sala 62B - 09040-270 - Santo André, SP.

www.editoraruadosabao.com.br
facebook.com/editoraruadosabao
instagram.com/editoraruadosabao
twitter.com/edit_ruadosabao
youtube.com/editoraruadosabao
pinterest.com/editorarua
tiktok.com/@editoraruadosabao

CENOTÁFIOS

José Luis Gómez Lobo

Traduzido do espanhol
por Camila Assad e Reynaldo Damazio

O menino santo

A céu aberto, os raios do sol se abrem em leque por trás de uma nuvem robusta. Muito bem definidos. Espigas douradas perfeitamente simétricas subindo iluminadas até o infinito. Atrás dessa nuvem, certamente está o reino de Deus. E ele lá. Agora. Neste exato momento, agachado com a maior discrição. Escondido. Desconsiderando o que acontece abaixo. Com as mãos nos ouvidos para não ouvir. Com os olhos fixos em outro lugar.

Fingindo ignorar sua criação. Sem a mínima vontade de seguir com suas falhas progressivas. Recolhendo-se em si mesmo o máximo possível, cuidando, com verdadeiro empenho e concentração, que sua corcunda não ultrapasse os limites da nuvem, para evitar que alguma possível torpeza o delate e que evidencie esse sorriso discreto, involuntário, que denota um certo gosto pela nova travessura que acontecerá.

E, apesar de tanto esforço, de todo o seu segredo, aqui embaixo alguém acredita olhar para ele, lá em cima. Naquele céu tão bonito que revive os detalhes das pinturas de magnânimas divindades, adornadas com fios de ouro cujo brilho evoca os laços que nos unem ao Senhor. E a crença de quem os olha é despertada, precisamente, ao perceber um desses fiozinhos dourados atravessando os galhos de um freixo, para despencar no chão de paralelepípedos do jardim do bairro. E se o asseguro, não é tanto porque sou eu quem acredita vê-lo, mas porque estou ao lado de quem acreditou, e porque a ouço afirmar. É esta senhora aqui ao meu lado, que, neste momento, com o coração pesado, os olhos lacrimejantes e a razão a ponto de se perder, olha para o filho adolescente com o crânio esmagado sob a enorme pedra. Segundo interpretamos todos que testemunhamos o fato, o rapaz foi atingido de um golpe pela chegada da morte.

— É seu, meu Senhor, você me deu e agora eu o dou a você.

Eu ouço a senhora dizer isso através dos gorgolejos em sua garganta e entre sílabas retorcidas de dor. E vejo-a dirigir o olhar, trêmulo entre tantas lágrimas, para cima, onde olha para o seu interlocutor. Depois para a nuvem, de onde saem os fiozinhos de ouro. Para onde, talvez pelos efeitos da comoção, claramente imaginei vê-lo também, embora num gesto um tanto evasivo, porque quando a nuvem se move um pouco descobre a presença de um de seus pés, o mesmo que corre rápido para voltar a escondê-lo.

— Que seja feita a tua santíssima vontade.

E é isso mesmo que diz a senhora, porém já depois, agorinha, neste momento, que dizem ser um dos mais difíceis de suportar, quando o filho é depositado na sepultura. Em meio ao pranto geral eu a ouço dizer isso, repetir sobre a santíssima vontade de Deus. E os três funcionários do cemitério, com pás secas que apitam ao mordiscar o torrão de terra previamente extraído do buraco, forçando a indiferença de seus gestos para que pareçam solenes, acabam por cumprir, à medida que a terra cai sobre o caixão, a vontade de Deus. Porque esse parece ser o assunto, Deus, Deus sabe em que momento, em que circunstâncias, com não sei com que gesto, ele emite sua sábia vontade que estende rapidamente aos seus principais colaboradores para certificar quem pode executá-la.

Levantam as mãos, primeiro os assassinos, com a faca pronta e reluzente, com a bala acomodada confortavelmente no cano, com a pedra de maior peso e volume. O segundo lugar é disputado por muitas enfermidades com seus médicos incompetentes, a polícia a serviço da máfia e os motoristas de transporte público. Por fim, os coveiros, que com pás de terra vão cobrindo o fio de ouro que foi a vontade, e com ele, o fim do processo. Embora existam também os vermes, cujas mordidas devastadoras lhes conferem uma posição de importância na consumação.

— O bom agradou a Deus, e Deus o amou; ele viveu entre pecadores, e Deus o levou embora.

Ele o arrebatou para que a maldade não pervertesse sua mente, e o erro não seduzisse sua alma. Deus apressou-se a removê-lo da maldade...

Sim, sim, vocês logo imaginarão quem disse isso. Disse-o o senhor padre da igreja do bairro; em cujos jardins, a uns tantos metros do átrio, como um trovão seco que, sem dúvida, despertaria os ratos que pernoitam em suas tocas, quebrou o crânio do recém-nomeado "O bom". E ainda está sacudindo o tronco rachado do paizinho com a cascata de palavras de conforto, quando já me faço a pergunta obrigatória:

— Não seria mais lógico extirpar da sua criação tudo que desse errado?

— Caralho... — digo olhando pro céu e num sussurro —, se você fosse o diretor de uma empresa, demitiria o eficiente e daria horas extras e bônus de compensação ao trabalhador mais estúpido.

Não sei se é a vigília do velório ou o lacrimejamento resultante, ou a saturação de tantos rosários absorvidos ao longo da noite, mas como estou, com os olhos levantados para o céu, com a razão um tanto nublada, a compreensão confusa, creio que vejo a mão de Deus lá em cima, quase ao lado de um avião que está passando no momento.

E rapidamente me faço de dissimulado, "Com a lógica que você sustenta, vai que mais tarde você me ache agradável no momento do contato e me veja como um candidato adequado para me prostrar diante de seus colaboradores". Penso.

— No que me diz respeito, senhor padre, obrigado por essa da maldade — digo-lhe com a torção sarcástica de minha boca, sem que ele tenha a menor ideia.

— Não me agradeça, filho, agradeça a Ele, que zela pelo Seu povo santo — Ele me diz acenando cuidadosamente as mãos.

Pois encoraje-o a adormecer, porque lá ele nos traz aos tropeços por aqui e ali; manipulando-nos com seus pequenos fios de ouro amarrados aos dedos da mão que por acaso oculta em seu esconderijo. Retiraram-se todos embolados até a saída do cemitério, como marionetes. Marionetes em mãos insones, saltitando deslocadas nesta cabana de papelão que é a nossa pobre realidade, em que vivemos até que o titeriteiro/marionetista decida dar o último puxão dos fios para nos afastar daquilo que agora chamou de maldade. A mesma em que construímos seu altar para o mortinho no exato lugar onde expirou.

— É assim mesmo, meu amigo — digo ao cara de chapéu e com bafo de álcool que pega os tijolos que vou lhe passando um após o outro, sob a supervisão da mãe do falecido e de outras três senhoras, todas de luto, dirigindo a construção do cenotáfio/sepultura do menino. — Papai do Céu sente vontade de dar o último puxão ao nosso fio e bem no lugar de onde nos arrancou, brota, quase como um monumento à sua arbitrariedade, uma cruz, uma ermida, um pequeno altar com o nosso nome, data de nascimento e morte para que não se perca nenhum registro da sua caprichosa vontade.

— Isso mesmo, jovem — ele me responde sem perder a concentração no que está fazendo: cimentar os tijolos, bebendo continuamente da sua garrafa de álcool, secretamente se odiando por sua pilha de pecados —, como um feitiço, o mal obscurece o bem e é por isso que você deve edificar suas honras ao bom, para aquele que morreu jovem e antes do tempo, para deixar na terra sinais do momento em que ele se encaminhou para a glória, como o início de sua caminhada rumo à santificação.

Pois sim, pois sim. Eu já não digo mais a ele, e sim a mim mesmo; e quanto menor o lapso entre a data de nascimento e a morte, maior é a santidade alcançada. Em outras palavras, quanto mais velho você é, mais fodido você fica, a soma dos anos só serve para armazenar o mal. Continuamos com essa sua lógica tão peculiar.

E a mãe do menino e as outras três mulheres, espalhando palavras ora roucas e ora arrastadas, vão pouco a pouco, frase após frase, lágrima após lágrima, formando com rosários acorrentados o caminho que a alma percorre quando talhada para se tornar santa. E seja o que for, acredite se quiser, um vento impetuoso surge do nada como se quisesse ajudá-los em sua empreitada. Deus estará lá em cima, lá muito mais alto do que os freixos que lançam tão poucas sombras, estufando suas bochechas e exalando o fôlego que empurra ao seu destino aquele que as senhoras começam a chamar de O Menino Santo. E eu divago: é mesmo um sopro ou apenas a impossibilidade de conter o riso?

— O bom que morre condena os maus que ainda vivem, e o jovem que logo atinge a perfeição condena a velhice prolongada dos maus — rezam as senhoras que por sinal já não são três ou quatro, contando a mãe aflita já são dez ou doze, ou uma cifra que aumenta com o passar dos dias, dias que não se contabilizam mais com datas, mas com o número de pessoas que se somam às rezas e orações diante do pequeno altar do já chamado Menino Santo.

* * *

— Rogai por nós, tende piedade de nós, trono de sabedoria, rosa mística, torre de Davi, torre de marfim, casa de ouro, arca da aliança...

— Caralho!

Rezamos diante do altar já acabado e pintado de amarelo do Bom Menino, com uma vitrine onde estão depositados seus pertences pessoais, dois ou três de seus brinquedos, seu filme favorito, sua foto mais recente. E entre rezas e rezas, o tempo decorrido não é mais medido em dias. Transcorre em um presente contínuo devido ao terror de ver no passado a origem de nosso mal e no futuro nosso merecido castigo. Abstraídos pelo terror de cada um e cada qual, ninguém olha para o sol poente ou para a escuridão do firmamento chegando; nos resta apenas dar puxões em nossas cordas presas aos dedos divinos do marionetista, tentando nos esquivar de seus colaboradores que pintam listras no chão com o fio de suas facas, ou que freneticamente afundam os pés no acelerador.

E as tensões dos fios vão de um lado para o outro, ora se emaranhando, ora se desfazendo com uma desculpa, com um perdão pela distração, com uma linguagem saturada de conteúdos religiosos, em um cotidiano aterrorizado pela perseguição da vontade de Deus. E, ao final, acabar, oprimidos e ofegantes, diante do altar do defunto que na verdade já era adolescente, junto com vinte ou trinta pessoas, negociando o título de Menino Santo em troca de um pouco de proteção.

— Bem, não que Deus já tivesse morrido — me diz um iludido depois de uma cotovelada no meu lado que me surpreende no meio de uma jaculatória.

— Bem, até onde eu sei, ele havia morrido. “Deus está morto” foi dito há algum tempo, mas depois o homem, diminuído por tantos problemas mendigos da existência humana, foi forçado a ressuscitá-lo. “Deus ressuscitou”, acho que gritaram quando o viram voltar para suas antigas terras, louco e desajeitado, cego, com uma enorme propensão a atos incompreensíveis e sem nenhum senso de justiça.

E meu interlocutor acena com a cabeça e encolhe os ombros em um gesto franco de resignação. Voltamos ao rosário no auge das ladainhas. Cruzamos os braços e inclinamos a cabeça. Da minha parte, não tenho a menor vontade de erguer os olhos para seu reino, isto é, para um aglomerado de nuvens de felpudas enegrecidas pela fumaça da zona industrial próxima. Eu não gostaria de ver, nem por engano, uma espécie de Frankenstein monumental com os olhos injetados de fúria, babando bile amarelada, erguendo um de seus braços roliços disposto a lançar em minha direção um raio fulminante. Melhor eu ficar assim, com os olhinhos fechados, sussurrando o "rogai por nós", "rogai por nós" que a ladainha exige e me aproximando aos poucos com um arrastar gradual dos meus pés em direção ao altar do Menino Santo, que, agora mesmo, através de um favor concedido a um pedido escrito em um pedaço de papel depositado por alguém na janela, está estreando em sua carreira de milagreiro.

À medida que se sucedem os terços, as orações, os louvores, consolida-se o tempo em um longo clamor de entonações febris com desejos de proteção. E os dias vão se convertendo nos trêmulos dedos de nossos espíritos, percorrendo as contas e os mistérios de nossa possível maldade. A nossa maldade, a nossa, a que somos, a que bate e subsiste pelo simples fato de estarmos vivos, vivos nesta vida, condenados pelo bem que há morrido, traduzida em uma espécie de culpa. A culpa que nos faz romper o tempo, seus dias e horas, para refazê-lo em uma busca contínua de proteção a nós mesmos e à nossa submissão aos fios emaranhados nos dedos de Nosso Senhor.

E é a busca de proteção que, como eu, faz com que toda a multidão que se aglomera no jardim, cinquenta ou setenta para arriscar um cálculo, arraste gradualmente seus passinhos para a frente, em direção ao altar do Menino Santo, com pressa para encontrar na proximidade a cura de toda culpa.

Então, o compromisso de todos os presentes de estar perto do altar, esclarece, como interpreto colocado quase ao toque da vitrine, a razão pela qual Deus, no início do evento em curso, teve que se mostrar, apesar de sua tentativa de se manter escondido, com tal atitude de sarcasmo: seu imenso desejo de se divertir à custa de sua criação. Gerou nossa proximidade com o altar para que alguém, um dos cinquenta ou setenta presentes, com a foto do Santo Menino na janela quase na frente do nariz, com uma exclamação que fez travarem as engrenagens da ladainha de orações e rosários, evidenciará toda a trama do jogo divino de Nosso Senhor.

— Vamos ver, esperem, esperem. Esse menino fazia parte da quadrilha de garotos que roubava aqui no jardim... um dia ele roubou meu relógio e minha carteira, enfiando uma faca aqui na minha barriga.

— Ah, mesmo — disse outro olhando para onde apontava o dedo do primeiro acusador —, já me lembrei, já me lembrei; com razão, desde que vi sua foto, disse a mim mesmo: onde o vi, onde o vi. Pois é aquele membro da gangue que eu vi discutindo com os maconheiros no jardim exigindo sua parte no assalto.

E assim vão se somando os comentários em torno da foto do menino. Atropelando-se entre si. Uns severos e outros enfáticos ao levantar entonações de desprestígio. Todos acusatórios. Que ele era um gângster, um delinquente, um aproveitador, viciado e, acima de tudo, um verdadeiro filho da puta.

Então aí você percebe que o sol brilha, que o chão queima a sola dos pés, que é tarde, que há muitas coisas para fazer no resto do dia e que você tem que aproveitar, porque quase dois meses se passaram desde o dia do crime e ele já estava bem de tanta reza. E ao mesmo tempo em que os comentários aumentam, as pessoas se afastam da multidão. Elas viram as costas para o altar. Ao altar e à mãe do menino que tira o véu que cobria seu rosto e que grita a plenos pulmões.

E eu o vejo atrás de uma nuvem diluída por um vendaval repentino; uma de suas mãos gordinhas cobre desajeitadamente a boca, e sua corcunda cabeluda sobe e desce na agitação de seu riso reprimido. E é melhor assim eu deixar.

Dou um puxão nos fios que me prendem a Ele e me afasto. Depois de vários metros percorridos, a mãe do recém-fracassado na carreira de santo ainda é ouvida.

— E serão desprezados para sempre entre os mortos. Sem deixá-los falar, o Senhor os jogará de cabeça, Ele irá arrancá-los de seus alicerces e os arruinará completamente. Eles estarão cheios de angústia. E não sobrará nenhuma memória de vocês.

— Assim seja e amém — afirmo e saio.

Diga-me que não é verdade

I

— Diga-me que não é verdade.

Diga-me que isso não é verdade. Diga-me, diga-me e diga-me. E, assim, a noite toda o Farny insistiu nisso. Que o que lhe dissemos não era verdade.

Foi lá em “El Mahoma”, onde apenas o ouvíamos com a balbúrdia dos presentes e com o contínuo matraquear da música eletrônica, que o tempo todo nos fazia balançar a cabeça monotonamente de frente para trás, diante dos olhos cada vez mais cheios de preocupação que Farny tentava disfarçar colocando os óculos escuros “Dolchegabana”. O mesmo que foi crescendo ao perceber em nossos movimentos não só o impulso de seguir o ritmo, mas também, um repetido gesto de afirmação que curiosamente negava qualquer possibilidade de lhe dizermos que não era verdade.

Algum de nós, não me lembro exatamente quem, após o segundo “Bukanas” ingerido e enquanto eu tirava a sacola que começou a me causar algum desconforto, levou o Farny para um canto do clube, fora da área VIP e perto do estande de Diyey, para falar com ele.

Depois de incitar um casal a se retirar com empurrões e uma ou outra cusparada, essa pessoa visivelmente bêbada e em plena luta contra o aperto dos sapatos, disse a Farny que não ia falar a ele que não era verdade, porque era sim verdade, mas que o que ele havia feito na entrada do clube, sabíamos que ele havia feito por nós. E que ele disse isso em nome de todos em uma espécie de reconhecimento.

II

Reconhecimento é a palavra. O reconhecimento é muito semelhante ao diagnóstico do mais imbecil dos médicos, uma vez emitido, se estiver correto, bom e, se não, também bom. Por isso, quem o recebe, não raras vezes, é obrigado a se esforçar em atitudes que subtraem a imprecisão do reconhecimento, assim como o paciente do médico imbecil se esforça para agir de acordo com o que foi diagnosticado, ou seja, com muito esforço. E é por isso que o Farny, que sempre se distinguiu por fazer de tudo para ver tal reconhecimento em nossos gestos, insistiu em façanhas imprudentes para garantir a construção do que nossos gestos lhe mostravam. E assim ele costumava fazer aqueles atos que não podíamos nem ousar pensar. Bem, sim, nós pensamos, todos nós às vezes ponderamos pensamentos que contêm desejos ocultos de fazer algo fora do comum, distanciados de toda moral, do que é legal, do que é correto; mas só até aí. Torna-se uma forma muito precisa de mostrar nosso desejo de sermos reconhecidos, de sermos admirados por algo, seja lá o que for. Mas uma coisa é pensar, e outra muito diferente é realizar.

E na diferença entre um e outro, ergue-se uma distância enorme entre uma pessoa e outra, porque é aí que se cobre a cortina que protege o heroísmo. Farny os realizava, determinado, obstinado, como se algo o obrigasse. Sim, realizava esses atos com seus óculos escuros e seu cabelo castanho amarrado em um rabo de cavalo. Com seu cano de ouro de 38 mm. Com suas camisetas brancas revelando o vigor de seus músculos, às vezes transbordando coragem como se quisesse enfatizar que o ato realizado só poderia ter sido assinado por seu nome.

III

Sim, seu nome, o nome de Farny. Assim como há nomes que servem apenas para preencher o espaço vazio da certidão de nascimento, há outros que letra por letra parecem traçar um mapa cujo percurso é forjar o encontro com a diferenciação. E em um mundo de Joãos, Pedros e Ricardos, ter um nome como Giancarlo Farnesio é como ver Messi ralando em um campo empoeirado de um bairro suburbano, uma distinção total e absoluta. E notamos que nas ocasiões em que tivemos que nos apresentar, a menção de Giancarlo Farnesio brilhou em lampejos de atração enquanto, pouco a pouco, ofuscou a pobreza de nossos nomes e abriu os olhos das moças diante das quais nos apresentamos. Assim se compreende como certos nomes parecem cair sobre seu portador como um relâmpago, uma força luminosa precipitando-se sobre um entre muitos, para direcioná-lo por caminhos distantes da verdade.

E não se pode ter um nome como Giancarlo Farnesio sem fazer algo digno para justificá-lo. E ele encontrou mil maneiras de fazê-lo e cada uma delas endossada por sua tenacidade nas malandragens, pelo tom rouco e penetrante de sua voz de gângster italiano que suavizava as vontades mais estoicas, pela firmeza de sua pistola na cabeça do motorista que logo perderia seu carro, e principalmente por sua propensão a descobrir, em conversas que poderiam parecer arrogantes, sua dedicação em construir a grandeza daquele nome.

Mas quando em "El Mahoma" o garçom lhe entregou a conta do uísque e do Redbull consumido, prefixando as palavras "Aqui está sua conta, jovem Farnesio", pensávamos que víamos nele um certo ar de angústia que lhe fazia cair os ombros e lhe entorpecer os dedos entre as notas da carteira. Sim, como se de repente se arrependesse de ser tão reconhecido em uma data e no local onde, horas antes, ele havia sido informado por um de nós que dois dos meninos que ele espancou na entrada do clube eram filhos do maior traficante de drogas da cidade.

IV

Os golpes são geralmente carícias desesperadas tentando convencer uma realidade indescritível e raivosa. Muitas vezes vimos Giancarlo Farnesio distribuí-los. Vários. Um, dois, três... e o adversário caía de bunda por ali, bem acomodado em um lugar remoto, cuja distância assegurava que as coisas fossem como deveriam ser. Pow, pof, crash... e os adversários dispersos se incrustavam, muitas vezes por pura inteligência, nos vestígios do material com o qual Farnesio foi gradualmente moldando a realidade. Enquanto nós, de olhos arregalados, cheios de adrenalina, admirávamos o quão bem se trabalha com o material da própria vontade quando se trata de convencer que as realidades são apenas moldadas por poucos. Aqueles poucos que a história coloca em um pedestal de admiração. De onde Giancarlo Farnesio, Farny para os amigos, às claras, com negócios obscuros super-rentáveis, com seus jeans italianos, orquestrou cada um de nossos desejos de ser como ele.

Desejos que em sua realidade se traduziam como um capital de emoções cujo armazenamento, sua reserva voraz, acrescentavam uma espécie de estatura que no final nos fazia saber que jamais poderíamos ser como ele. Realidade raivosa que aos poucos foi se domando, para que, uma vez domada, ingressemos e nos sintamos parte dela, colaborando com sua formação com explosões de alegria, celebrando todas as suas ações com carinhosos afagos e brindes à sua saúde, felizes, muito felizes com Farny por vê-lo se fazer como se ao mesmo tempo estivessem nos fazendo.

V

Nós. Estar envolvido conosco é como estar imerso no meio de uma área afetada por um peido imundo. Torna-se um desejo abrupto de se mover rapidamente do lugar. Às vezes, o "nós" paira sobre você de maneira semelhante ao abraço desajeitado do bêbado ao lado do bar, cujo impulso devastador o convida a dar o fora dali. O "nós" é uma sensação terrena no corpo que força movimentos desesperados com a intenção de sacudi-lo. Mas com Giancarlo Farnesio, com sua individualidade de líder, com seus movimentos vitoriosos no submundo, o "nós" era um viés de identificação própria. Com bajulação e carinho, demos-lhe o empurrão que mais tarde retribuiria com intensa alegria, com presentinhos, com convites para a badalada boate da área VIP para viver aquela sua vida com a qual nos identificamos tanto.

Porque o empurrão que o "nós" dá a um indivíduo é com a intenção plena de conseguir, mesmo numa única pessoa, o que todos gostaríamos de ser.

Porque essa pessoa, sendo o que é, fala do que somos capazes de ser. Nós, em poucas palavras, fizemos isso com ele. E é por isso que quando chegamos naquela noite ao "El Mahoma" e vimos o tratamento preferencial que deram a um quarteto de garotos estúpidos e presunçosos na entrada, Farnesio achou necessário abrir caminho e dar a oportunidade de se mostrar sozinho e com um bom arsenal de golpes, que as preferências não servem para merda nenhuma quando a necessidade de obtermos alguma identificação é tão grande.

VI

Identificação. Se eu tivesse que o relacionar com algo eu faria com aquela jaqueta que foi emprestada a você por alguém, para poder frequentar a área VIP do clube para o qual você foi convidado. Ou com um movimento monótono de cabeças fingindo seguir a música que você nem ouve porque está pensando em outras coisas. Ou com aqueles sapatos finos que você suporta apesar da tortura de seus joanetes. A identificação é um sentimento que substitui suas deficiências e faz você sentir em relação aos outros um grau de proximidade e união. E é um conjunto de circunstâncias que geralmente o coloca no lugar que você lutou tanto para não estar e cuja colocação é abordada apenas por um caminho, o caminho do colapso.

Como aconteceu com Giancarlo Farnesio, que com sua súplica para nos dizer que não era verdade que aqueles que ele havia espancado eram filhos do maior narcotraficante da cidade, e com o fato de colocar óculos escuros para esconder a preocupação de seus olhos azuis tão acostumados à altivez, evidenciou seu colapso até o fundo do lugar onde ele nunca quis estar e que ele fez tantas coisas para evitá-lo; um lugar que mostrava tudo o que sempre se quis esconder e que se descobriu encharcado de medos febris; um lugar reservado para o que é chamado de “nós”. Um “nós” que, se contorcendo muito abaixo de um pedestal de admiração, a última coisa que precisa é a inclusão de mais uma individualidade. E menos se a tal individualidade assinou sua sentença de morte.

A mesma sentença que dias depois, do lado de fora de uma loja, confirmou-se a um Giancarlo preocupado e distraído com o embrulho de uns chocolates e mediante o arrebentar de seu corpo sob rajadas de balas, que as individualidades já não carregam o peso de antes, exceto em momentos como este, quando silenciosamente buscamos em nossas mentes o que dizer sobre elas. Algo que confirme a estatura de equilíbrio e admiração que alcançou em vida. Algo que mantenha seu semblante arrogante e descartável. Algo que destaque a diferenciação da sua personalidade e até a mera menção do seu nome. Algo que apague da nossa memória a face do medo que vimos e que supomos mantém-se na morte: a face da perda e da dúvida de que tudo deve ter sido violentamente assassinado. E acima de tudo, algo que subtraia qualquer indício de desrespeito agora que pintamos, em letras pretas numa cruz de cimento espetada onde caiu morto: De “nós” a Giancarlo Farnesio.

Para as almas silentes

Lá está Juanín novamente no escritório de Godofredo. Naquela área de sua casa que ele mesmo condicionou — eliminando parte da sala —, já que decidiu passar quase todo o tempo pintando. Pela janela entra uma luz muito propícia ao ato de pintar; ato que Godofredo atrasa entretido em ler o rótulo de uma garrafa de vodca. Todos mostraram a Juanín seus receios de que ele passe horas e horas trancado naquele lugar: primeiro com avisos que depois, vendo que os avisos não prosperam, se transformam em fofocas pigmentadas de sarcasmo.

"É que eles não o conhecem, eles falam só por falar."

Milhares de vezes Juanín disse isso, até para si mesmo, talvez querendo justificar todo o tempo que dedica a Godofredo; tempo que não poucas pessoas encaram com muita maledicência. Mas isso não importa para ele. "Deixem que digam o que quiserem", pensa ao ver Godofredo destampar a garrafinha pouco visível em suas mãos colossais, tão fortes quanto desajeitadas. Embora grande parte do tempo que ele passe lá seja um artifício para se esconder.

Ele não é mais aquele Godofredo que Juanín lembra de sua infância, mas, de tanto observá-lo, muitas vezes sem que percebesse, conseguiu exumar da massa corpórea que sobrou de suas carnes aquele corpo esbelto lembrado, revigorado, cheio de músculos latejantes, que faziam do Godofredo daqueles anos objeto de admiração de muita gente. Especialmente das mulheres. Nada próximo do que acontece com o próprio Juanín.

Sem lhe perguntar nada, sem fazer o menor gesto de consulta, Godofredo serve uma generosa quantidade de vodca em dois copos. Nenhuma pergunta é necessária; para Juanín é, pode-se dizer, um privilégio servir como parceiro de bebida. Na verdade, cada vez que se faz uma visita a Godofredo, é obrigatório beber sem moderação vodca, rum ou o que quer que seja. É um privilégio, sim, mas isso não impede que seja desagradável para Juanín. Uma vez servido o primeiro copo, Juanín começa a sentir uma série de tremores que alertam seus sentidos, como quando está com sua turma no jardim onde se reúnem, um deles compartilha uma estopa banhada com tíner e logo sabe que haverá ação. E assim, sentindo chiados no estômago, aperto no peito e sudorese excessiva, ele observa Godofredo dar alguns passos vagarosos para extrair entre um aglomerado de latas de tinta o suco de uva que acompanhará o licor. Parecendo um urso que de repente colocou suas mãos grandes em uma ocupação lúdica, um urso carinhoso e amigável. É o que pensa Juanín quando o vê enfiado naquele gigantesco macacão de brim, extremamente concentrado, respirando ruidosamente, esvaziando a “tetra pack” de uvas com irritante diligência. O plástico dos copos é tingido de violeta. Vão sem gelo, está um pouco frio.

— Para você, Juanín — Godofredo diz com uma voz que parece tão escassa que não combina com seu corpo.

— Para você, Godofredo — diz Juanín, percebendo o tremor de suas palavras e dando um sorriso hesitante.

Juanín era muito jovem quando a presença de Godofredo, pelas ruas do bairro, seja ao lado de uma senhora ou na mesa de um vizinho, sempre parecia estar coberta por um manto brilhante de divindade. Sem exagero, havia em seu rosto uma invariável aparência de calma, típica dos santos no momento do contato místico; e em seu comportamento, a facilidade de se relacionar com as pessoas, compartilhar, com generosidade e abnegação. Um tipo que subsiste na dualidade do celestial e do terreno.

Na luta social encontrou uma forma de obter a admiração e o favor das mulheres que sua posição terrena lhe exigia. E na sua forma de enfrentá-la, apostando sua vida, ansiando pelo martírio, a exigência do celestial. As causas sempre sobraram. Primeiro organizando os vizinhos, para defender o bairro do decreto do governo de derrubá-lo e abrir algumas avenidas. As causas não foram poucas. Ele estava com os trabalhadores da fábrica têxtil, lado a lado, ombro a ombro, opondo-se às infindáveis injustiças dos patrões. Ditou, escondido no porão de uma cantina, com sirenes de polícia furando seus ouvidos, os fundamentos do sindicato das costureiras. Mais tarde, apoiou o movimento estudantil sequestrando pessoas ricas, a fim de devolver o dinheiro aos pobres, a quem Godofredo considerava pertencer o dinheiro.

Embora Juanín fosse muito jovem, ele se lembra dele entregando desinteressadamente fardos de notas ao pai. Quando o patrão não pôde mais trabalhar, Godofredo não os decepcionou. Sempre garantiu sua segurança. O chefe de Juanín agradeceu desde as profundezas de sua derrota. E Godofredo, sempre à sua maneira, descontraído, de atitude indiferente, foi-se embora. A mesma indiferença com que agora distribui pinceladas calculadas com uma escova de pelo de camelo sobre uma tela montada em seu cavalete: uma paisagem ao longe, com seu lago, sua igreja e muitos passarinhos. O que nos leva a pensar em como as coisas mudaram. As causas pelas quais devemos lutar já não são tão visíveis. As causas sociais, ao que parece, foram obscurecidas para permitir o surgimento de um individualismo petulante que faz valer apenas o interesse pessoal.

No terceiro gole, sentindo-o descer pela garganta e queimar o estômago, Juanín se lembra de seu chefe, seu silêncio habitual, que parecia ser gerado através dele até que ele irremediavelmente desapareceu da vida. Toda vez que bebe isso acontece, é por essa razão que evita fazê-lo. Algo diferente do que acontece com o uso do tíner, que o manda para outro lugar, um lugar confuso cheio de rasuras e rachaduras que tornam a vida mais suportável. Mas desta vez Godofredo o convidou para um porre e, apesar do que seja, é algo impossível de recusar. Rapidamente o álcool influencia seu humor; um relaxamento crescente começa a afrouxar a rigidez de seus membros. O banco de madeira onde ele está sentado deixa de permeá-lo; o acúmulo de pinturas espalhadas pelo ateliê, principalmente paisagens esverdeadas, reconciliam seu estado de alerta. Que Godofredo, ensimesmado e mecanicamente, comece a servir o que será sua segunda bebida, já não lhe importa tanto.

Pela janela entra, junto com um sol fraco, o burburinho habitual da rua na hora da incipiente agitação noturna, a hora em que seus amigos começam a se reunir nas proximidades, no jardim da paróquia vizinha. No ateliê, paradoxalmente, só se ouvem os passos do pincel sobre o quadro, os goles ávidos do copo de Godofredo. Repare que muito pouco é falado, se alguma coisa, algumas palavras isoladas.

Aqueles discursos de Godofredo, que Juanín conhece como lendas da boca do povo, inflamados e inspirados, transformaram a cabeça dos ouvintes. Suas viagens para a União Soviética. Para a China comunista, sua militância em El Salvador e na Nicarágua, sobre as quais mais tarde conversaria com seus camaradas, recuperando-se de suas feridas, o silêncio de Godofredo esconde tudo isso e muito mais.

Um silêncio que vibra e ressoa no desejo de Juanín de escutá-lo e que faz com que ele recupere as alturas que alcançou; a ansiedade pela qual chega ao estúdio, pelo menos uma vez por semana, para esperar que Godofredo rompa tal silêncio. Que ele lhe diga algo que, no final das contas, não o deixe chegar antes aos seus amigos, a quadrilha chamada MKP, que o entreterá por horas, até que seja tarde e não haja mais menino nos bancos daquele jardim.

— Sirva-se de outro trago, Juanín — Godofredo o apressa, já enchendo seu próprio copo, o terceiro.

Juanín não gosta de que Godofredo beba. Além do mais, ele não deveria consumir álcool. Por prescrição médica não devia fazer isso, lhe faz mal. Porém, mal maior é não satisfazer seus desejos, Juanín pensa aliviado enquanto toma o último gole de seu copo. Um gosto enjoativo invade sua boca. Ele não tem mais vontade, bebida não é sua praia, um churro lhe cairia melhor, mas mecanicamente ele estende o braço. Resumindo, desde que Godofredo não comece a reclamar de tantas coisas como sempre quando bebe: que sua voz já não é tão poderosa quanto costumava ser; que o cabelo da axila e da costeleta continua caindo; ou sua frase usual, que já soa como uma música, "É que eu não era assim antes, eu não era assim, neca, eu era mais corajoso."

Godofredo arranca-lhe o copo e espanta os pensamentos de Juanín. Ele o observa servir sua bebida. A corrente de suco de uva cai ruidosamente na vodca; ao misturar-se, forma um redemoinho que gira da esquerda para a direita, Juanín concentra-se nas tonalidades do vidro, tentando ignorar o calafrio que arrepia a pele de seu braço, já que Godofredo, de propósito, tocou sua mão.

— Para você, Godofredo — diz Juanín, esperando uma resposta ao seu brinde. Não chega.

Então, toma um grande gole de sua bebida; o licor desce pela garganta e, com o sabor doce embebendo seus lábios, volta ao silêncio prolongado.

Mas não importa, o silêncio de Godofredo não é como o de seu pai — angustiante ao ponto de tortura —, que costumava manter Juanín por horas intermináveis, desanimado, esperando dolorosamente ouvir algo dele. O silêncio de Godofredo não é como o de seu pai, ou do resto das pessoas: oco e barulhento, toda aquela transmissão escandalosa que apesar de dizer algo o dia todo, não diz nada, o silêncio da vida, assim. O silêncio de Godofredo é confortável, até isso; evoca confiança, privilégio de amizades consolidadas, aquelas que mostram que você está confortável sem precisar falar.

O silêncio de seu pai explodiu após o acidente. Ele era motorista de um trailer com o qual visitava cidades e vilas próximas; não percorreu grandes distâncias, mas suas viagens para lugares próximos eram muito contínuas. Assim, até o dia em que ele atropelou um velho. Ele sempre jurou que não era culpa dele. Alguns oficiais de justiça, em um esforço para arrancar dele o máximo de dinheiro possível, deram-lhe um pequeno calor que fraturou seu nariz, queixo e duas costelas. Mas isso não impediu que o chefe de Juanín continuasse trabalhando. Em vez disso, era o cenotáfio. Quando estava na cabine, e o velho atropelado morrendo nos braços dos paramédicos, viu que alguém marcou o local exato do atropelamento com uma cruz de cal. Dias depois, uma vez que a cruz foi apagada, alguém levantou o que eles chamam de cenotáfio. Passar por ali, cada vez que precisava seguir aquela rota, era uma provação. Até que ele não podia mais. Tanta culpa o mergulhava em um silêncio que o impedia de continuar trabalhando. Juanín se lembra dele quando percebe que Godofredo ganhou peso.

"Talvez seja por causa do macacão." Juanín argumenta para minimizar a ofensividade da gordura, olhando para ele por trás enquanto ele se movia, balançando-se como um hipopótamo fora da poça, para um canto do estúdio. Essa gordura tão sujeita ao ridículo da vizinhança, roliça, gelatinosa; aquela gordura que ofende seu corpo, desajeitada e cheia de estrias; que ofende o que um dia foi, a ponto de fazê-lo parecer um tédio móvel. Tão longe do que Juanín insiste em ver: a memória daquela figura atlética, de jeans e botas militares ensinando os meninos a manejar a espada, agora perdida dentro do volumoso macacão que engoliu a imagem que Juanín guarda. E talvez por isso, ao vê-lo de frente, o incomode tanto ver as bochechas de Godofredo, seu bojo com uma linha caricaturada encarnada em seu sorriso. Juanín olha para baixo. É difícil para ele tolerar o gesto afável que todos os obesos realizam sem querer.

E lá vem ele de novo, lento e absorto em si mesmo, com a luz da tarde se apagando em seu rosto; evaporando nas sombras deslocadas por suas feições; borrando partes de seu rosto. Ele liga um rádio que foi deixado para trás. Ruídos estáticos ao passar de uma estação para outra parecem incomodá-lo, há um beicinho cansado em seu rosto inchado. Godofredo estala a língua e desliga o rádio. Seu gesto afável diminui. Seu rosto se torna sombrio. Atravessa o estúdio em direção a Juanín, que o olha atentamente com o copo nos lábios, sem beber, pensando seriamente que talvez seja hora de acender a luz que fica no meio da sala. Godofredo, por sua vez, sem avisar ou fazer nenhum gesto, fecha subitamente as cortinas da janela. Em suas mãos ele carrega um objeto.

É um CD, Juanín descobre nas sombras que mal lhe permitem ver os movimentos ásperos de uma massa sombria sacudindo o tetra pak de suco de uva e o plástico do disco. Não há mais suco. Nem conversa, Godofredo parece dizer com um discreto encolher de ombros. A vodca a seguir vai pura. Juanín contou seis. Juanín sente um impulso de acender a luz e dizer-lhe que já chega, que já bebeu demais. Ele quer lembrá-lo das instruções dos médicos; que o álcool previne os efeitos positivos dos medicamentos; que beber dessa maneira nunca desintegrará o tumor em sua cabeça. As notas de uma melodia começam a flutuar pelo estúdio numa sequência relaxante, por todos os cantos, por todo o silêncio de Godofredo. E isso realmente impede Juanín de fazer qualquer coisa ou dizer qualquer coisa.

"Clair de lune", diz Godofredo de olhos fechados e continua a peça batendo os dedos no ar. Esclarece que é uma composição de Debussy, para apreciação de Juanín, arrastando demais os esses. Isso o alarma, ele sabe que Godofredo já está bêbado. E a embriaguez é o estado em que o aspecto mais doloroso de sua doença se manifesta de forma acentuada. Juanín testemunhou isso muitas vezes. É motivo de alarme. Ele quer sair imediatamente. Na verdade, ele coloca o copo no chão com a intenção de sair. Ele imediatamente pensa no problema de Godofredo: um tumor dentro de seu crânio que causou tantas mudanças em sua vida. E então ele pensa no seu, no seu próprio problema, cujo enfrentamento ele fez todo o possível para adiar. Como o fato de estar ali com Godofredo, sabendo que o que sempre acaba acontecendo vai acontecer.

Godofredo usa a parede para conter o balanço de seu corpo. Ele faz algumas tentativas de falar, seu queixo treme, seu balbucio estufa suas bochechas inchadas. Por fim ele diz:

— Escute essa, Juanín! Esta peça é sustentada por uma escritura harmônica muito completa e refinada — ele faz um silêncio, acena com a mão diante dos olhos ainda fechados. Ele acaricia as costas aveludadas da música, em êxtase. Juanín mal percebe a música, não distingue nenhuma escritura harmônica. Apenas olha para ele, pensa em sua gangue; em vez disso, no assalto há algumas semanas; no relógio, na carteira com alguns dólares e duas notas de duzentos pesos. Tudo o que não foi distribuído aos outros. Tudo com que ficou como fez tantas outras vezes. E tudo para se livrar do silêncio. O da vida. Para sair daquela miséria em que o patrão os mergulhou. Não apenas economicamente, mas também emocional e mentalmente, quem sabe o que mais. Como se aquele cenotáfio do velho, ou de todos os que estão por toda parte, não apenas guiasse as almas dos que partem, mas também uma forma de secar as almas dos que ficam. Juanín pensa.

— Concentre-se nesses sons, camarada! — diz Godofredo quase num sussurro, avançando, subtraindo centímetros da distância que os separa — são pinceladas do mais delicado dos pincéis delineando uma paisagem.

Juanín não vê nenhuma paisagem, muito menos em uma canção. Ele nem vê. Ele jaz abstraído naquele banco, absorto. Embora pareça, não olha, observa dentro da cabeça de Godofredo, onde está o tumor, aquela bola carnuda do tamanho de uma bola de golfe, terrível, oprimindo a hipófise, a glândula encarregada de regular o sistema hormonal. Aquela glândula que, de repente, de um dia para o outro, começou a liberar enormes quantidades de hormônios femininos, "progesterona", como Godofredo me explicou, engordando seu corpo, afinando sua voz, puxando os cabelos aos punhados.

As notas doces do piano deslizadas por uma suavidade confortável se entrelaçam com as palavras de Godofredo que dizem:

— Esboçam uma paisagem, amiguinho, uma paisagem noturna, delicada, sonhadora, que pertence completamente, ouça Juanín, a um universo impressionista — Juanín fecha os olhos e sente nas pestanas o hálito enjoativo de Godofredo. Ele não consegue evitar a repulsa quando o sente deslizar pelo rosto. Seu corpo inteiro se contrai. É a progesterona, você pode cheirá-la, perceber sua imposição, a mesma que derrotou o herói; é a carga de hormônios femininos que encerrou impiedosamente o flerte de Godofredo com a grandeza. Aquela que conseguiu o que os militares, os patrões, os líderes sindicais dos charros, os fura-greves, os desordeiros, a polícia de choque não conseguiram...

— É lindo, Juanín, escute essa parte, o piano, desliza suavemente, com clareza e precisão... — Ele interrompe, fica calado, cora, como que envergonhado do que acabou de dizer. De repente, ele se joga de joelhos, pede desculpas a Juanín por uma falta que só ele percebe. Ele ressalta que antes não era assim, que era mais corajoso, totalmente diferente. Juanín já sabia que isso ia acontecer, olha para ele com pena, quer dizer-lhe que não há problema, inspirar-lhe confiança. Mas não há tempo para fazer muito. Ele sente as mãos de Godofredo, tão desajeitadas quanto obstinadas, lutando contra o zíper de sua calça. Juanín pega um pincel do chão e o encaixa nos dedos de Godofredo para abri-los e liberar sua abertura. Ele se levanta e, como sempre, consegue se soltar.

— Me deixa chupar, por favor! — Godofredo suplica com a boca salivando a um Juanín que não está mais lá. Ele já atravessa a saída lamentando ter vindo apenas para repetir o que sempre acaba acontecendo.

E fecha a porta. Ele percebe que leva consigo o pincel. Volta alguns passos para colocá-lo no chão, ao pé da porta. O gesto o faz pensar na colocação de objetos como aqueles que seu patrão viu as pessoas colocarem no cenotáfio do velho que ele atropelou, flores, fotos, cigarros. Ao se afastar, sua visão retorna, é uma oferenda ao cenotáfio do que foi Godofredo. Porque ele sabe que, embora sejam colocados para pessoas que morrem abruptamente nas ruas, seria oportuno começar a instituir a construção de cenotáfios para almas silenciosas, derrotadas, mortas. Seu rosto luta no esforço de esconder o gesto que o corrói, ele precisa afastar aquela careta de decepção, ignorar o ridículo dos vizinhos que não sabem que ele visita Godofredo apenas para atrasar sua chegada junto a sua gangue, aquela que já está esperando por ele, aquela que já o vê chegar, aquela que tem uma pedra pronta debaixo de um banco, por causa da necessidade de acertar as contas. E Juanín avança pelo silêncio que o leva até lá.

Cenotáfios

Aquela sexta-feira seria lembrada por ter sido uma das noites mais bonitas do ano. Pela tarde choveu um pouco, mas o aparecimento posterior de um céu claro trouxe o tão esperado fim da estação chuvosa, com azuis marcantes e um brilho intenso nos perfis dos prédios. Antes de escurecer, brotou um clima fresco e as copas das árvores, ainda salpicadas de águas trêmulas, atraíram para si a claridade da iluminação pública. Nas avenidas, as poças espalhavam as mudanças de cor dos semáforos. Pneus furados separavam ondas douradas de ponta a ponta das calçadas. Aparentemente algo havia rompido com a habitualidade da atmosfera urbana, uma incompreensível fragrância de gladíolos filtrada por toda parte.

— Que cheiro é esse? — perguntou Gerardo do banco de trás do Jetta, revelando um certo tom de ridículo. — Cheiro de gladíolos nesta área tão perto do centro da cidade? Com tanta fumaça de cigarro trancada no carro?

Tomy, que havia exposto sua percepção olfativa, longe de responder a tamanha zombaria, aproveitou para tomar um grande gole do litrão de cerveja que enfiara entre as pernas.

— Nada, caralho, não cheira a nada — respondeu com relutância entre arrotos e abriu um pouco a janela para abafar com os ruídos da rua o riso de Gerardo, do qual sempre levava em conta sua propensão a ser bandido e invocado. E apesar de tudo, ele continuou a cheirar os gladíolos.

— Passa a breja! — Com o pedido, acompanhado de um carinhoso tapinha em Tomy, Richard, que era o proprietário e motorista do Jetta, tentou estabelecer uma salvação, minimizar qualquer tipo de tensão; um convite para reinar o bom humor e atingir o objetivo de se divertir conforme fora planejado ao entrar no carro. Ele sabia da animosidade que um provocava no outro — aqui vai o Iphone, disque para alguém para localizar o grupo — disse a Tomy.

Recentemente eles se juntaram a um clube de carros esportivos. Todas as sextas-feiras à noite tornou-se comum ver nas ruas longas caravanas de carros reunidos em grupo, orgulhosos de exibir os acessórios inovadores de suas máquinas: faróis de halogênio, motores com chicote, pneus de alta rotação, carrocerias com pinturas bizarras e detalhes futuristas, aparelhos de som e de DVD de tela plana. Tomavam as avenidas, certos de que nada melhor do que algumas acelerações poderosas para testemunhar a admiração dos rostos que se voltam para eles. Correm dentro de uma nova realidade, tomando forma metro após metro, com trilha sonora de reggaeton e banda.

Tomam as avenidas depois de terem lambuzado tábuas e pneus com litros de vaselina líquida, dando suas carícias de camurça, obsessivas, meticulosas, com cadências quase sensuais, diante dos olhares luminosos das moças como de faróis de led. Eles saem pelas avenidas em caravanas barulhentas, em zigue-zagues coreográficos, em diálogos festivos de buzinas, convencidos de serem aquela corrente sanguínea que dá vida à noite da cidade.

Nem mesmo Gerardo sabia o motivo de sua tendência a ser irritante. Sempre foi assim e não foram poucos os problemas em que ele se meteu por causa disso. E não fora pela beleza daquela noite de sexta-feira, nem pela oportunidade de se divertir no Jetta Crazy Team, nem mesmo pela quantidade de cerveja engolida no banco de trás, que Gerardo se absteve de dirigir sua série de gracinhas a Tomy, que relacionava a percepção espontânea do cheiro das flores com uma certa tendência dele para o "gay".

Tomy, por sua vez, após ter falado com alguém pelo IPhone, informou que o grupo estava passando pela Avenida dos Normalistas. Certamente ele estaria mais atento às brincadeiras de Gerardo do que ao celular, porque esse "alguém" algum tempo depois comentaria que nunca mencionou "Normalistas". Ele jurou ter sido muito claro ao dizer que eles estavam indo para "Científicos".

Logo chegaram à Avenida Alcaide. Além dos anexos ao motor do Jetta para dar mais potência, as habilidades de condução de Richard eram ótimas. O carro voava sobre uma nuvem azul-clara derramada pelo jogo de luzes no chassi; pneus de alto rolamento com aros cromados derretidos em linhas negras dentro dos cento e trinta quilômetros por hora. Com um trompete magistral, adquirido com o acionamento abrupto do freio de mão, eles pegaram a Normalistas. A adrenalina se solidificou em um grito alto do trio de meninos. E o Tomy aproveitou para reclamar a Gerardo.

— Você não está me chamando de veado, babaca de merda? — em seus vinte anos de vida ele ouviu tais afirmações muitas vezes; ele certamente reconhecia que esse tipo de insulto era muito comum entre as crianças, mas com ele não funcionava, ele nunca gostou de fazer essas piadinhas, isso o irritava.

— Bem, se eu não sou o único que diz isso, maldito Tomy, muitos dizem — Gerardo murmurou quase entre dentes, mas ao mesmo tempo calculando se suas palavras eram audíveis. Era todo o seu estilo, um tom de voz que ele aprendeu a manejar na escola e que fazia com que seus colegas lhe oferecessem aquele apreço que no Ensino Médio e com os amigos do quarteirão ele nunca encontrou.

Richard, forçado por um espírito conciliador muito comum nele, optou por acelerar ainda mais. Ele acreditava que assim a agressividade teria a atenção desviada para as virtudes de uma boa carreira; para reforçar sua ideia, e aumentar as chances de atrair a atenção de seus dois amigos, ativou o módulo estroboscópico. Sob o para-choque do Jetta, uma série de luzes piscando mastigava pedaços da noite encharcada, cujos restos aquosos pousaram no para-brisa em uma fina camada de orvalho. Quando cruzaram a Junípero Serra, a avenida com canteiro central, a cento e cinquenta quilômetros por hora, como diriam os cozinheiros de tacos da "Gringas el Güero", uma barraca montada bem na esquina, nem mesmo o carro podia ser visto através das cortinas de água erguida das poças. Não faltaram comentários de alguns comensais sobre o perigo de dirigir a essa velocidade em pista molhada.

— Não aguento mais você, otário de merda! — disse Tomy após reconhecer seu ódio de que a moda atual tornava as roupas masculinas tão parecidas com as femininas e que o cheiro dos gladíolos persistia. E ele disse isso ao mesmo tempo em que dava um soco no banco de trás, que se incrustou no sorriso estúpido de Gerardo. E disse isso ao passar no amarelo dos semáforos preventivos no cruzamento da Normalistas com a Circular.

Richard, numa demonstração de verdadeira agilidade, conteve um segundo soco de Tomy antes de voltar a se encaixar no lugar onde o sorriso estúpido de Gerardo estivera antes, agora transformado em uma careta inflamada e avermelhada de violência. Ele clamou pela restauração da paz; impediu o derramamento de uma garrafa de cerveja nos bancos de couro fino; acalmou os braços tensos vindos do banco de trás que lutavam para se prender no pescoço de Tomy, e manteve a mão esquerda firme no volante para manter o carro em linha reta. E tudo ao mesmo tempo, obstinado em assumir o controle, persistente na conciliação e orientando tudo para seguir em frente; até a direção do carro, que corria a cento e cinquenta quilômetros por hora em uma avenida que se estende por curvas acentuadas.

O alvoroço formado dentro do carro (brigas, gritos, insultos à queima-roupa) terminou com a irrupção de um golpe sob o chassi e um solavanco que os fez sentir como se estivessem subindo um caminho pedregoso. Um som de ferros quebrando foi precedido por uma descarga líquida no para-brisa que o transformou em disparos de um pedaço de vidro. Gerardo imaginou que a luz da iluminação pública se materializava para de repente manchar o para-brisa. Sentiram-se virar, virar e virar, bem no cruzamento das Normalistas e Monte Carmelo. Quarteirões à frente da barraca de tacos que poucos minutos antes os viu passar a toda velocidade. Isso foi na altura do parque Tucson. E as árvores escurecidas por seu véu noturno e pelos conjuntos residenciais de Villas de San Juan, borrados por uma névoa incompreensível, foram gradualmente parando de girar. E quando o carro restabeleceu sua posição lógica na pista, a calma entre eles começou a voltar. Os três meninos, prontos para investigar o ocorrido, desajeitados e perplexos, saíram do carro para logo descobrir que tudo estava em ordem. Tudo normal. Eles suspiraram. Queriam dizer mais, queriam sorrir, mas só escolheram voltar para o carro, que ligou de primeira.

Tudo parecia estar bem, como antes, exceto por uma falha mecânica que impediu o carro de ganhar velocidade e por uma sensação de avançar por uma calma de presença borrada, como se as janelas estivessem embaçadas.

Eles puderam sentir um pouco de felicidade no relaxamento dos corpos que surgiu após o evento, apesar de saber que seus planos de diversão corriam o risco de desmoronar.

Mais do que nunca eles sentiram a necessidade de localizar o grupo, o Jetta Crazy Team. O tacômetro não funcionou, o módulo de luz não funcionou, o estéreo também não funcionou. Eles tentaram se comunicar com alguém. Para piorar a situação, o Iphone ficou sem bateria. E, percebendo isso, Richard sentiu uma guinada de desânimo. Teria que voltar para casa, com a frustração nas costas, sem o convívio com os membros do clube, sem ouvir sugestões para embelezar os carros, hip-hop a todo volume, sentindo-se inútil por não ter conseguido conciliar as diferenças entre sua dupla de amigos.

Sim, inútil, como se sentia todos os dias em casa, no meio das constantes brigas dos pais. Insistia em dar o que podia ao grupo, mais do que nunca precisava deles. Desanimado, decidiu percorrer toda a Normalistas até encontrá-los.

— Cheira a gladíolos — insistiu Tomy. Sem medo de qualquer ridículo. Sentia-se seguro ao lado de Richard que lhe mostrara, consciente ou inconscientemente, uma prova óbvia de afeto ao tentar evitar a briga. Era exatamente isso que ele sempre procurava quando Rick — como gostava de chamá-lo — convidava-o para um passeio de carro. Continuou a cheirar os gladíolos, as flores favoritas de sua mãe, que ela colocava em todos os cantos de sua casa, com aqueles ares de mulher dominante que anulavam as tentativas de seu pai de evitar a invasão de tantas flores em casa, porque, de alguma forma, dolorosamente, o senhor suspeitava que houvesse no aglomerado de gladíolos a consolidação tangível do matriarcado. E disse isso quase num sussurro para Richard, "Cheira a gladíolos", ao notar seu rosto desconsolado, tocando sua perna, em clara emulação dos gestos protetores de sua mãe. Querendo fazê-lo sentir-se bem.

Manobrando na lentidão obrigatória do carro (talvez a caixa de câmbio estivesse danificada), eles percorreram toda a avenida várias vezes. Demasiado lentos, sempre intrigados com a bruma que os cobria e que enfraquecia a já tênue luz dos faróis. Não viam pessoas, não distinguiam nada. O tempo só podia ser medido pelo número de vezes que eles passavam por uma árvore específica no canteiro central, ao longo de uma certa rua sombreada. Tudo era confuso, seus silêncios, suas percepções dos minutos, das horas, da cor do ambiente, tudo menos suas intenções determinadas de encontrar os seus, o Jetta Crazy Team, que, por mais voltas que dessem, não conseguiam encontrar. Eles perderam a conta das vezes que passaram por alguma árvore de referência.

Gerardo sabia que Tomy, a princípio, desistira de subir no carro quando soube que ele iria. Mas também sabia que não era preciso muito para Richard convencê-lo a subir: bastava um sorriso, dois tapinhas e uma careta simpática. E se lembrou do gesto sarcástico que surgiu em seu rosto quando finalmente o viu entrar no carro em cujo banco de trás ele já havia se sentado. Ver do que Richard era capaz para ter companhia o fazia rir, ou seja, expandir ao máximo todos os seus encantos. Porém, ainda mais risadas a evidente efeminação de Tomy provocou quando ele se rendeu a esses encantos e entrou no carro, apesar de saber que dentro estava a pessoa que tanto o oprimia. Assim que ele o viu subir, sabia que seus desejos de escárnio seriam satisfeitos.

Lembrou-se disso tudo ao ver a mão de Tomy acariciando a perna de Richard, com uma suavidade compatível com a velocidade lenta do carro, mas ao mesmo tempo decididamente, como se quisesse revelar uma certeza naquele ambiente confuso, nebuloso, imerso em horas aparentemente eternas. Mas Gerardo parou de zombar dele e se afundou em seu assento, tranquilo, talvez por causa da angústia que também sentiu dominá-lo subitamente. Entendeu que suas provocações — ao longo de sua vida — eram apenas celebrações impulsivas de encontrar infortúnios mais fortes que os seus. Sim, naquele momento ele se reconhecia como um pobre coitado. O tipo mais humilde e miserável que na tentativa de ser aceito costumava fazer graça.

E assim eles vagaram por horas de ponta a ponta da avenida. De Alcaide a um pouco além de Fidel Velázquez, na altura da escola secundária mista Cento e Sete. Obstinados em encontrar o grupo, o Jetta Crazy Team, ou qualquer pessoa que fosse, ou algo que surgisse além da nebulosidade que se comprimia com cada vez mais afinco. E ansiosos os procuravam para não se reconhecerem sozinhos, sozinhos com suas consciências revelando fraquezas, sua condição de unidade como a soma de suas fraquezas; sem querer sair, sem querer ir embora antes de encontrar o Jetta Crazy Team com seus eufóricos abraços de pertencimento.

E assim continuaram por quem sabe quanto tempo mais, até chegarem ao único lugar que podiam mais ou menos reconhecer: Normalistas e Monte Carmelo, onde ainda reconheciam vestígios de seu acidente. Foi ali mesmo que, abruptamente, seu esforço de busca se quebrou, invadido por uma contração que os atingiu no estômago e abriu-lhes os olhos ao máximo. Eles se entreolharam por um tempo e, encolhendo os ombros, tiveram que se resignar a não poder realizar seu plano de entretenimento. Novamente os três meninos voltaram os olhos para o mesmo lugar, no piso devastado do canteiro, a calçada quebrada, vestígios de vidro, sobre o qual estava montado um trio de cenotáfios, pequenas cruzes de mármore com o nome de cada um deles e algumas datas gravadas, destacando-se acima de três velas, três fotografias e vários cachos ressecados de gladíolos. Suspiraram e concordaram quando um deles comentou que agora podiam ir.

Contato revelador

— Às vezes saio em busca do material ideal para dar forma ao projeto literário que, agora sim, vai convencer os juízes do Departamento de Letras tão exigentes com a verdade — digo a Blas Uribe em uma mesa de um bar na avenida Chapultepec, que acena com a cabeça enquanto dirige seu olhar a uma mesa ao lado. Ele acaricia um pouco a barba crescida e bem cuidada.

— Depois de vasculhar vários lugares, por cantos por vezes um tanto perigosos da cidade, levo o saque de palavras recolhidas para a minha mesa. As pisoteio e encho-as de cuspe como se quisesse obter uma massa mais ou menos moldável. Então começo um trabalho de cerâmica: broto formas, aliso bordas desnecessárias, o excesso drenado pelos dedos uso para adições de correção — Blas Uribe continua a acenar com a cabeça e a sorrir. Mas não para mim, para uma garota na mesa ao lado. Atrás de nós se estende o cume de Chapultepec; seu mercado de artesanato, o caminho lotado de pessoas, músicos de rua, shows de circo, a agitação contínua do sábado.

— “Uhu”, ele diz. E eu acho que por pura educação. Ele bebe sua cerveja de um gole e pede outra. Outra artesanal. Não lhe ofereço o lanche de asa de frango porque sei que ele é vegano há anos. Eu continuo falando.

— Contemplo meu trabalho por muito tempo cheio de encanto e ternura, apesar de perceber nele uma forma monstruosa e quase sem vida. Mas é que Blas — digo a ele — quero tanto vê-la dar seus passinhos nas mesas do Ministério da Cultura, e meu negócio é tão obsessivo, que me equipo com uma boa quantidade de engenhocas literárias... — Blas Uribe se levanta abruptamente e um tanto vacilante, cerveja na mão, vai até a mesa da garota. Eu mantenho a palavra na minha boca, bebo minha cerveja e olho para ele. Blas Uribe usa um chapéu de lã, um pouco puxado para trás, que revela a largura de sua testa e alguns fios castanhos de seu cabelo. Ele usa óculos de aro preto e seus braços estão cheios de tatuagens, frases de seus filósofos favoritos, uma caneta de pena com a ponta pingando tinta no antebraço esquerdo, uma bússola e um ou outro tribal. Eu o vejo zoando com a garota e acho que é hora de pedir outra bebida. A garçonete, uma jovem de minissaia, também com uma tatuagem no antebraço, me entregam uma Victoria mais ou menos congelada.

— Depois aplico uma série de choques elétricos, corda e amarrações de couro, para então fortalecê-lo com andaimes ortopédicos — continuo conversando com Blas Uribe. Mas agora estou a caminho do apartamento dele. Eu conduzo. Ele e Sonia estão no banco de trás. Eu continuo olhando para trás no espelho retrovisor esperando por alguma resposta. Sonia é a garota que ele acabou de conquistar no bar. Eles estão muito entretidos. Bebem compulsivamente. O apartamento dele fica ali perto, em um prédio na mesma área de Chapu. Um edifício recém-construído no local onde era uma mansão colonial cuja fachada ainda se mantém em torno do conjunto de vinte apartamentos.

— Deixo lá minha obra e vou dormir. Eu só tenho que esperar e durante a madrugada eu a espio furtivamente. Não é bonita, digo a mim mesmo, mas já sinto vontade de amá-la — Blas Uribe ri. Blas Uribe ri bastante. Isso acontece o tempo todo. Ele é o último vencedor de um prêmio de romance que publicará seu quarto livro e que lhe dará um bônus de vários milhares de pesos. Publica em todos os lugares. Em revistas. Em vários blogs. Em dois jornais. Ele foi selecionado pela revista Granta como um dos melhores jovens narradores da língua espanhola. Ele tem motivos para rir. Em seu departamento, a fumaça dos charutos cubanos cria uma atmosfera boêmia.

— Nós vamos estar no quarto, ele diz. E ele aponta para seu cômodo, movendo as mãos como um mágico ao sinalizar sua aparição. Ele tem motivos para rir. Sonia também. Mas ele, ainda mais Ele, desliga o Mac, ela deixa seu Ipad de lado e eles entram pela porta do quarto.

— Então, eu dizia... espio meu trabalho; distingo a penumbra e a vejo dar dois ou três passos deformados antes de cair no chão envolta em uivos lancinantes e chocalhos metálicos — digo com a boca colada na porta do quarto dele, me apoiando na bicicleta de bambu.

— Cala a boca, porra! Você está bem maluco — grita Blas Uribe em meio a muitos ruídos imprecisos. E então acontece de novo: um CR, isto é, um Contato Revelador. Os CRs. Eles têm aparecido para mim desde que eu era criança para me avisar de coisas que estão prestes a acontecer. O primeiro foi aquele que me avisou sobre a morte do meu irmãozinho. Meu irmãozinho que foi atropelado em sua bicicleta. A bicicleta tinha sido seu presente de Natal. O Natal que nada me entregou, por ter me comportado mal, como me contaram depois. Mas tanto meu irmão quanto eu a usamos. Na verdade, eu estava indo para os diabos quando o acidente aconteceu. Mas eu pulei. Talvez porque sabia o que ia acontecer.

O Contato Revelador havia me dito algumas horas antes. Fui ao banheiro e lá ele me revelou a morte breve do meu irmãozinho. Os CRs são seres minúsculos que pousam no meu ombro e têm aparências diferentes: de um médico pequeno de jaleco branco, como aquele que me avisou na adolescência da minha internação em um hospital psiquiátrico, com a senha: como aquele CR me disse, para aliviar o choque de ver meu irmão sendo atropelado. Outros vieram a mim como palhaço, como soldado, como Javier Solís, como aquele que me avisou da partida de minha mãe; em suma, uma multidão bastante variada. O CR que me contou sobre meu irmão foi um pequeno Papai Noel.

— Esse babaca *hipster* está prestes a ganhar uma bolsa e ainda assim é tão irresponsável com sua bebida — me diz o Contato Revelador sentado no meu ombro direito.

— Vai ganhar a bolsa? — É a única coisa que posso dizer. E faço isso com um tom de emoção. Ou com alguma decepção porque também enviei um projeto literário para a chamada de apoio a escritores por um ano para entregar um livro inédito de contos. Quatro mil pesos por mês durante um ano e uma estadia de duas semanas em um local turístico com cabanas e florestas.

— Sim, cara, vamos dar a ele, a não ser que por conta de sua embriaguez aconteça alguma coisa com ele que o impeça de recebê-la — diz ele. E nesse instante eu distingo a personalidade do meu CR. Ele é um juiz literário. Um juizinho. Ela usa jeans azul e uma camisa branca com bordados dourados. Longos cabelos grisalhos presos em um rabo de cavalo. Fuma cachimbo. Ele sorri e as rugas em seu rosto formam ondas grossas no pântano esburacado de sua pele muito pálida. Ele leva uma barba pontuda em sua cara.

— E por que ele e não eu? — pergunto apenas por perguntar. Não espero resposta, corro até a mesa de Blas Uribe e entre vários CDs de Tom Waits, Leonard Cohen e Pink Floyd versão Chillout, vejo várias de suas anotações. Lá verifico que a disciplina que ele não tem em sua vida, ele tem, e de forma exagerada, em sua escrita. Tudo limpo. Tudo em ordem. Palavra após palavra. Sem que uma seja discordante da próxima. Eu embaralho seus papéis descontroladamente. Uma beleza absoluta. Uma cadência fluida sem o menor movimento que rompa a harmonia, como o ritmo dos chiados de sua cama, cheios de luxúria, que escapam de seu quarto.

— Olhe, rapaz — o juizinho me diz jogando a fumaça com cheiro de baunilha de seu cachimbo na minha cara —, faça de conta que as bolsas são como, garotas bonitas em uma noite de sábado em um clube qualquer. Lá estão elas, sorrindo, divertidas, balançando os cabelos, balançando as bundas e com um cigarro na boca, seguindo o ritmo de uma canção com muita coqueteria; mas, caramba, você tem que falar bonito com elas para que elas lhe aceitem — ria.

Não sei quanto tempo transcorre enquanto leio os textos de Blas Uribe. Mas nesse lapso de tempo nove cigarros são consumidos com as chupadas ansiosas de minha boca. E vejo a Sonia sair envolta em sorrisos e desalinhos que a deixam ainda mais linda. Ela pega sua bolsa do sofá e sai do apartamento sem nem olhar para mim. Eu sinto inveja. Sim, eu admito. Mas não estou surpreso em sentir. Na verdade, os CRs surgem em mim para apontar os aspectos da minha vida em que devo melhorar. Como aquele pequeno Javier Solís, cujas canções serviram para que minha mãe chorasse a morte de meu irmão, e isso me obrigou a contar à mamãe, pela inveja que me causou tanta demonstração de afeto, os detalhes do atropelamento na época em que minha mãe estava montando um altarzinho para meu irmão na esquina onde ele foi atropelado.

A partir daí, aprendi que às vezes é difícil as pessoas ouvirem as intenções de melhorar porque minha mãe acabou por ir embora, por abandonar meu pai e eu, por abandonar mesmo o altarzinho que estava ficando sem seus arranjos de flores, sem nenhuma vela acesa. Desde então, quando tenho que melhorar algo em mim, já não falo, é melhor escrever e escrever e escrever com zelo desesperado.

— E esse é o seu problema, jovem — comenta o pequeno juiz — você escreve pura barbaridade: brigas, embriaguez, loucura, mortes aqui, mortes ali, pare com isso... a vida não é só isso; você deve aprender com Blas Uribe; sim bem, é um bêbado de merda e tudo mais, mas olhe para os seus textos, são limpos, equilibrados, ordenados, com temas interessantes, estruturas originais e dignas do mais alto dos escritores.

— Sim, certo — digo sem tirar os olhos de uma das folhas de Blas Uribe que carrego na mão. E digo de forma marcante, querendo esconder a inveja que pode começar a pintar meus pensamentos de ódio.

— Olha aqui, vamos para o seu quarto — diz meu CR, colocando óculos de aro redondo como que para dar mais precisão à observação que me indicará assim que entrarmos no cômodo.

Vemos Blas Uribe esparramado em sua cama em meio a uma confusão de cobertores. Seu ronco parece acabar com a solidez que formou tanta emanação de odores. Sua aparência é lamentável. Ele ganhou sua batalha apenas começando, mas foi ferido. Seus olhos são dois vulcões minúsculos expelindo magma viscoso. Um brilho gorduroso percorre a redondeza de suas bochechas no ritmo de sua respiração irregular. Mais adiante estão seus *jeans* no chão, ao lado de seu cachecol e suas botas de veludo. Sua eterna jaqueta de couro preta.

— Olhe para ele — o pequeno juiz sentado no meu ombro me diz segurando com o dedo indicador a queda de seus óculos — a princípio pode-se dizer que por causa de sua aparência ele não merece tanto talento; mas o que você vê agora é um artista. E se você olhar a fundo verá toda aquela efervescência de beleza que, ao explodir, emerge a intenção de todo escritor, escrever para ser querido; exatamente isso, meu amigo: ser amado. Bem, é isso, deixo para você a preço de custo, vou embora — logo depois, desaparece. No meu ombro não há nada mais além de uma explosão de fumaça que rapidamente acaba desaparecendo.

Sim, é verdade, digo a mim mesmo. É por isso que escrevo. Algo me motiva e me enche de júbilo incandescente. Finalmente descubro a razão dos meus esforços. É por isso que eu quero tanto uma bolsa de estudos. Uma bolsa pode ser o maior tributo amoroso que a vida concede. O reconhecimento geral da beleza que todo ser humano possui. Tenho que contar a Blas Uribe. Dizer-lhe que também há em mim uma beleza digna de amor, pedir que ele me apoie o mínimo que seja, que me diga como extraí-la, como ele fez.

— Blas, Blas — eu o sacudo pelos ombros. Consigo tirá-lo da inconsciência.

— Eh... eh... — ele balbucia. Os dedos indicador e polegar mantêm as pálpebras caídas.

Minhas palavras fluem na brava corrente do entusiasmo. Eu explico que a beleza é o conceito a ser explorado. Que todos nós temos, embora às vezes muito escondida. Blas Uribe como um autômato limpa a baba com o torso da mão. Estou falando de bolsas de estudo. Do amor ansiado Ele diz "é? é?" Com minhas palavras se atropelando, convido você a me dizer como ser amado. Como ele é; como meu irmão mais novo foi por minha mãe, a ponto de ela erguer um pequeno altar para ele no local onde morreu. Jubilante, coloco um cigarro em sua boca e acendo para ele. Eu agito seus textos na frente de seu rosto. Fuma.

Eu quero que você me diga. Como eles o amam tanto? Exploda toda a sua beleza interior para eu poder encontrar a minha.

Parece que ele finalmente vai me dizer alguma coisa, mas primeiro ele dá uma longa tragada. De repente, há um estrondo oco dentro de seu estômago, como se suas tripas explodissem um peido. Eu me assusto. Blas Uribe parece assustado quando seu corpo, especificamente seu torso, começa a soltar uma quantidade considerável de fumaça. Eu dou um longo salto para trás. Uma grande chama verde fosforescente consome Blas Uribe entre gritos.

Saio correndo do apartamento com os textos dele nas mãos: um conjunto de histórias intitulado Cenotáfios. Na rua olho para trás e vejo em sua janela uma língua de fogo voraz lambendo as bordas da noite. E eu corro. Desesperadamente. Eu corro. E enquanto estou correndo me lembro de como corria empurrando a bicicleta do meu irmãozinho no dia em que ele foi atropelado. E ao seu cenotáfio, que é como são chamados os pequenos altares como aquele que minha mãe fez. Enquanto corro, vejo o pequeno juiz, meu CR no meu ombro me incentivando a correr. Porque no fundo tanto ele como eu duvidamos que haja muita credibilidade para o testemunho de uma morte por combustão espontânea. Ele diz que é melhor eu correr, porque talvez ninguém acredite em mim. E penso que tenho que voltar ao altarzinho do meu irmãozinho atropelado. Para dar a ele uma camada de tinta, colocar umas flores, um decalque de seu time de futebol favorito.

O tédio de Rosita

Naquela manhã de agosto, com o céu atarefado em espremer de seu cinza as últimas gotas da tempestade que caiu ao amanhecer, Rosita López, a senhora da voyage pintada com decalques de um partido político de esquerda, que mora na metade do quarteirão da casa com o jardim abandonado, deve ter acordado com um humor muito diferente daquele que costumava mostrar no rosto todas as manhãs, e que permitia a quem o visse passar a supor um despertar amargo.

Há boatos sobre a origem de sua atitude azeda. Tem sido prolífica a torrente de suposições com que nós, seus vizinhos, há tanto tempo regamos no cotidiano deste quarteirão.

Há quem diga que é por falta de homem; embora também haja quem diga: não, melhor, pelo número de amigos passageiros que teve. Outros mais não acreditam em um ou outro, pois segundo estes, muito antes do divórcio já tinha um gesto severo. O mesmo que ela demonstra ao sair ou ao retornar com algum de seus acompanhantes. O tédio de sempre. Com quem cumprimenta, com quem se despede, com quem certamente concordou em se casar, com quem também com certeza assinou o divórcio. Aquele que a acompanha enquanto ela aquece o motor de seu voyage antes de levar o filho para o Ensino Médio.

O tédio é muito na vida de todo mundo, claro. E tendemos a carregá-lo em todos os momentos e em todos os lugares na esperança de regressar sem ele. Mas o tédio, como tantas vezes discutimos entre os companheiros, é como aquele cachorro bravo que um dia resolvemos abandonar e que vem atrás do carro. É como o rangido da cama, diabolicamente teimoso e persistente. Assim é o tédio. E é aí que a resignação vem até nós; encolhemos os ombros com coragem e saímos com nosso próprio tédio para enfrentá-lo com o dos outros, quase contentes de vê-los se encontrarem, brincarem entre si, como casais de cachorrinhos bajuladores que cheiram a bunda um do outro com toda a felicidade do mundo. Por isso, o gesto de Rosita naquela manhã chamou tanto a atenção, porque, entre muitas outras coisas, sugeria uma ausência total de tédio.

Sim, ela chegou à loja muito cedo pela manhã e bem sorridente disse bom dia. Bom dia a todos, disse Manuel, o lojista, assim que ela entrou. E ele nos contou como se quisesse enriquecer e ao mesmo tempo endossar os comentários que fizemos fora de sua loja — lugar onde todos nós do quarteirão usamos como ponto de encontro e levamos o tédio para ficar um tempinho solto por ali — com quem especulamos um despertar de Rosita, naquela manhã, muito diferente dos habituais. É preciso dizer que, no comentário de Manuel, não passou despercebido um certo tom de desconfiança a certa filtragem de um sentimento condenatório. É normal, é sempre suspeito ver alguém se livrar de algo que com certeza vai grudar nas nossas entranhas. Isso é péssimo.

E eu sei que dói porque *Jesús*, aquele do outro lado da rua da minha casa, um cinquentão solteiro a contragosto, viveu boa parte de sua vida aborrecido com a atitude de Rosita. Uma vez tentou algo com ela sem que a coisa fosse além de uma amizade. Porque Rosita não é feia, está acima do peso, é desleixada no vestir, mas feia, feia, não. E bem, *Jesús* reclamou: com muito esforço ela nos cumprimenta, quase temos que procurar o rosto dela, né? ah, mas sim, ela é a revoltada do partido de esquerda, sabe? como se com isso ela fosse reviver seu pai que, segundo ela, era um comunista que ia preso de vez em quando. Isso é o que *Jesús* disse, ferido de ressentimento. E regularmente, depois de dizer isso, ele volta para casa machucado, como se mancasse de um inchaço de tédio.

Paty, a gordinha dali, quase chegando na esquina, a dona da "Estética" do quarteirão, até me contou, enquanto fazia meu cabelo, que é aí que está a origem do problema da Rosita, no pai dela. Me disse. Por isso tem tanta fé naquele candidato maluco da esquerda, porque diz que se parece muito com o pai. Paty me assegurou, tirando minha bata de plástico e escovando minha nuca para remover alguns pelos que ficaram ali. E logo me cobrou. Estendeu a mão o mais desgostosa possível. Porque mesmo nesses momentos o tédio está presente.

O tédio se apega ao corpo desde o nascimento e não desaparece até que a pessoa morra. É quase uma característica fisionômica, como a cabeça rachada, a verruga nas costas.

E então Fabián, o vendedor de jornais, disse que sim, é bem por aí, que um dia viu a foto do candidato em "La Jornada" e que Rosita disse claramente como ele se parecia com o pai. Por que o interesse? — perguntou Fabián. Bom, é por isso que você está procurando coisas interessantes na vida que não necessariamente existem. Ah, sim? E por que isso, hein? E então ela lhe contou uma história que esclareceu bastante o panorama para nós, realmente interessados naquela atitude diferente que vimos nele, naquele dia, e que estávamos investigando.

Ela não se lembra de muitas coisas boas sobre seu pai, a julgar pelo que este senhor nos contou. Bastante amargura, raiva e ausências prolongadas por meses, tempo que duravam sua incursão no álcool. Mas de vez em quando ele a colocava no colo e conversava regularmente com ela sobre seu tempo como guerrilheiro, em um grupo de choque aliado ao Partido Comunista. Seu pai, para se livrar do cansaço de cada dia, falou-lhe do ouro. Era o centro do planeta, dizia-se que, se o desenterrasse, encontraria um núcleo feito de ouro puro, um metal formado no espaço após a explosão de uma estrela supernova. O produto da explosão se espalhou pelas galáxias e ficou compactado. E em cima do que foi compactado, foram misturados outros elementos químicos que criaram o planeta Terra.

Ele queria dizer que o ouro era decisivo para conhecer a essência da existência, porque protegia mensagens de vidas possíveis, era possível saber o que deveria ter sido, o que poderia ter sido. Ele se ofereceu ao grupo de comunistas para assumir a missão de buscar o ouro e interpretar o que ele dizia. E isso para Rosita, sendo uma menina gordinha, sem amigos, desprezada por todos, parecia fenomenal. Ouvi-lo a fez sair do buraco sufocante em que vivia naquele bairro nas encostas do Cerro del Cuatro.

Então ela parou de ver coisas interessantes em seu pai. Não dava mais, suas histórias eram mais indícios de loucura — ou de seu alcoolismo — que mais tarde o transformaria em uma pessoa, alijada de seu juízo, que estava perdendo o contato com a realidade, sobre o qual se dizia que muitas vezes foi visto no centro da cidade como um indigente.

Tal era o motivo de seu tédio, de seu peso que nos fazia vê-la como uma pessoa amarga. E por isso mesmo, naquele dia ficamos tão impressionados ao ver um semblante muito diferente: ela deu bom-dia sorrindo para todos na loja, entusiasmada, despida do eterno moletom na cintura que cobria seu bumbum.

Então ela foi gentil com aqueles de nós que a viram sair com o saco plástico preto que ela comprou e que mais tarde ela tiraria de sua casa transformado em um embrulho pesado.

Descobrimos mais tarde através de duas ou três pessoas que testemunharam seu ato. Naquela noite eles conversaram sobre isso enquanto fumavam um cigarro na loja de Manuel. E o resto, presumimos: ao amanhecer, em plena insônia, pensaria em seu pai; em todo o tempo que não o viu, em seus anos perdidos; nos rumores que chegavam e que eram motivo de vergonha; em sua morte súbita e violenta. Mas especialmente em suas histórias. Nisso talvez ele tivesse razão sobre alguma coisa, que a vida não é apenas o que nos mostra, mas outra coisa, algo que está oculto e que deve ser interpretado à custa da própria vida. Que talvez, toda essa miséria, tudo o que nos leva ao tédio da vida, seja apenas o envoltório de um centro ainda a ser descoberto, um centro forjado em ouro cheio de mensagens secretas. E então um sorriso iluminado foi colocado em seu rosto.

O mesmo que ela mantinha quando entrou em sua caminhonete com o pacote na bolsa preta. O mesmo gesto plácido enquanto esperava pelo filho, aquecendo o motor. O mesmo com que a vimos dar partida. E, suponho, o mesmo que ela tinha no momento de extrair a cruz gravada em ouro, com um nome e um par de datas, da bolsa, para colocá-lo como um cenotáfio na rua onde semanas antes seu pai havia sido atropelado e morto, que o senhor seu pai descanse em paz.

Um lugar milagroso

Betsy Manzury mal conseguia abrir a porta. E a primeira coisa que ela queria fazer era servir-se de vodca. A segunda, planejar uma visita a um bairro localizado na zona sul da cidade, um bairro um tanto perigoso, sim, mas no qual havia acontecido o aparecimento de uma criança milagrosa, um mortinho, mas bem; um menino assassinado, cujo altar construído no local de sua morte tinha o poder de satisfazer qualquer pedido. Vamos ver como posso fazer para comparecer sem me expor, disse. Recentemente, uma fã havia mencionado isso para ela. Que em seu bairro se falava de um cenotáfio com fama de milagroso. Uma garota espinhenta com quem ela havia convivido alguns minutos antes, como parte da estratégia de publicidade de uma revista juvenil.

Antes de entrar na casa — uma construção moderna com jardins suspensos e telhados de asa sobre um mirante no exclusivo bairro Puerta de Hierro — quis se despedir de Rodolfo, mas só conseguiu olhar as lanternas traseiras do carro e o pisca-pisca avisando à rua vazia que iria dobrar a esquina. Betsy ficou acenando com a mão como se estivesse limpando a névoa que nublava sua visão. "Fufy", sua cachorrinha, pulou em suas pernas pedindo o carinho que os bichinhos acham que merecem a qualquer momento. Como podia, ela largou a bolsa e se agachou para receber uma quantidade estratosférica de lambidas em seu sorriso torto. Então Betsy Manzury, a princesa do *pop* no país, sentiu, quase à beira das lágrimas, como ela era mais uma vez Margarita Martínez.

Ela sabia algo sobre isso, embora não muito. Mas ela se lembrava de ter visto em seu antigo bairro uma ou outra pequena cruz ou pequeno altar que as pessoas colocavam onde alguém se matou ou foi assassinado. Por exemplo, a daquele menino que morreu em um incêndio em seu apartamento, uma promessa da literatura nacional, alguém que se dizia ter sido queimado por outra pessoa que não admitia o seu triunfo. Ele tinha conseguido sair de seu prédio envolto em chamas, fumando, acenando de um lado para o outro como a ponta de um cigarro jogado no ar. Ele morreu na calçada onde parentes ou vizinhos posteriormente construíram uma ermida para ele. Se continuasse vivo, seria agora o melhor escritor do México, lhe dissera sua mãe quando passaram por ali, anos atrás, no dia em que a levou ao "casting" organizado pelo famoso representante artístico Rodolfo Santillán.

A princípio, suas pernas finas, tão zombadas pelos colegas de escola, pareciam congeladas pelo olhar frio e perscrutador do homem. À medida que avançava a canção que cerca de vinte jovens tiveram que dançar para conseguir um lugar em uma apresentação de televisão, Margarita, cheia da indolência atrativa dos quinze anos, aproveitou o gesto despreocupado que enlouquecia os amigos do pai e chamou a atenção do representante. Rodolfo admirou os movimentos de *femme fatale* executados pela garota de minissaia rosa. Era essa a intenção. Mais tarde, relataria isso a uma revista juvenil: lá teve uma visão de um palco diante de uma multidão de fãs exagerados.

Ao fim da música, seu último passo saiu fora do tempo e, mostrando um rubor de tristeza no rosto e ao mesmo tempo tentando manter o flerte que lhe dera o impulso na dança, ela emitiu um gritinho que com tempo e com a autorização de seus consultores de imagem daria um efeito diferenciado às suas músicas. Rodolfo ouviu aquele "Aiich" de Margarita, como o crepitar encantador do nascimento de uma estrela.

O gritinho, em lábios tão sugestivos, combinaria muito bem com o gosto do público inclinado a belas moças fervendo de malícia. Embora nas entrevistas Rodolfo sempre sustentasse que uma sensibilidade impressionante e uma inteligência admirável foram o que o atraiu em Betsy.

Naquela tarde, Margarita, ou melhor, Betsy, voltou para casa cheia de si. Rodolfo a escolhera.

As mãos desajeitadas de Betsy esculpiram inúmeras figuras invisíveis no ar antes que ela conseguisse empurrar a cachorrinha para longe. A vodca estava começando a deixá-la sentimental. Apoiada na mesa de vidro do quarto minimalista que ela tanto festejou quando Rodolfo lhe deu, mal conseguiu se levantar. Com o torso inclinado para a frente, os ombros estendidos, o joelho esquerdo levemente dobrado, ela encontrou em sua posição certa semelhança com seus retratos em tamanho real espalhados por todos os *shoppings* da cidade, anunciando seu novo álbum. E, diante do olhar atônito de sua cachorra, ela teve que se servir de outra bebida para comemorar. Em uma pequena chance que teve no restaurante, ela ligou para Martín, sem que Rudy soubesse, e ele a encarregou de investigar o referido santinho milagreiro. Martín era seu colaborador, que inicialmente foi o responsável pela logística de Rodolfo, e depois se dedicou em tempo integral ao produto "Betsy". Rodolfo era um cara na casa dos cinquenta, amargo, mas eficiente, o tipo de funcionário que faz seu trabalho perfeitamente, mas ainda exala uma certa sensação de que está fazendo mal.

Sabia que imediatamente — e com toda discrição — ele começaria a planejar como levá-la para aquele bairro, sem que ninguém a reconhecesse.

Sua primeira aparição na TV não foi tão bem-sucedida quanto ela gostaria. Suas origens humildes devem ter brotado na proeminência das maçãs do seu rosto e em sua timidez incontrolável, que a impedia de manter os olhos fixos na câmera. "Nada que algumas cirurgias e um pouco de atrito com a mídia não resolvam", simplificou Rodolfo diante de um grupo de produtores inseguros. "Nem me digam nada sobre a voz, isso é o de menos." Por fim, sentenciou, cheio de otimismo. Rodolfo tinha visto em seu encanto natural a ponta de um fio que, puxando-o, atrairia um produto jovem que, segundo a pesquisa de *marketing* anterior, a avidez da juventude consumista necessitava.

Agarrado a tal visão e motivado por seu caráter teimoso, não poupou gastos com cirurgias plásticas, consultorias e aulas de todos os tipos. E, finalmente, uma manhã, enquanto Margarita, suada em calças esportivas largas, ensaiava uma coreografia com seus dançarinos, ele decidiu com entusiasmo que seu produto estava pronto. Completamente extasiado com sua criação, ele olhou para trás e desejou que o que via fosse o prato de seu café da manhã diário. Embora alguns anos depois, diante das câmeras de "O Mundo das Estrelas", ele declarasse, com uma barba desleixada e um pouco acima do peso, que Betsy havia se apaixonado por sua maturidade precoce e sua altíssima espiritualidade.

A vodca com suco de uva teve efeito contrário ao desejado por Betsy. A vodca despertou sua tristeza e suas unhas de gel decoradas com bocas sorridentes não foram suficientes para deter a queda de suas lágrimas. A preocupação dos últimos dias cravou nela com maior ferocidade. A gerente de campanha da candidata à presidência da república, a candidata da esquerda, a mais forte segundo as últimas pesquisas eleitorais, havia pensado nela para o ato de encerramento da campanha prevista para ser realizado no estádio Azteca; no entanto, posteriormente seria acrescentada outra possibilidade, outro produto, uma nova voz, segundo eles, com menos presença comercial e músicas com mais conteúdo social.

Durante o jantar no "Il Italianissimo Ristorante", provou umas pitadas do ravióli — só as permitidas pela sua anorexia não declarada — acompanhada por um produtor, um jornalista, Rodolfo e a roliça "fã" coberta de espinhas premiada por ter atingido o "teste" de uma revista, Betsy, além de tudo, desconfiava que Rodolfo não a amava mais. Ela percebeu isso enquanto se concentrava em conversar com a fã, diante dos múltiplos *flashes* do fotógrafo da revista. A garota lhe contou sobre o cenotáfio milagroso, contou que ela mesma havia feito o pedido para ganhar o concurso "Jantar com Betsy Manzury"; que lamentava que o referido cenotáfio da criança milagrosa não existisse antes, quando foi participar com um amigo de um *casting* promovido por uma emissora de televisão; em que seu amigo foi rejeitado depois de cantar apenas alguns segundos e que ela foi persuadida por um menino obeso que se aproveitou dela no banco de trás de um carro. Era disso que falavam, e ela não parava de se virar para ver Rodolfo, que olhava constrangido nos olhos dos outros, como se pedisse desculpas pelo desabafo que Betsy soltava entre goles de vinho tinto. Que sim, que ela conhecia aqueles altares que faziam milagres, como os de Santa Muerte que tanto chamaram sua atenção em sua última viagem a Puerto Vallarta.

Em casa, sem largar a bebida, caminhou até o abajur de metal bem onde estava sua bolsa; o tilintar excessivo de gelo em seu copo, apenas ofuscado pela magnitude de seus soluços, marcava o total descontrole de seus passos.

Os engenheiros de imagem, após longas e bem pagas horas de trabalho, refutaram a intenção de Rodolfo de se casar com Betsy, alegando que sua imagem juvenil entraria em colapso. Planejou propor viver uma maravilhosa e secreta união livre. Uma tarde na academia depois de uma turnê bem-sucedida por vários países da América Latina, em meio a uma rotina voltada para modelar as áreas do corpo que o silicone não conseguia, Betsy ouviu a proposta. Firmemente na ponta dos pés, olhando no espelho as panturrilhas recém-trabalhadas, ela ponderou as duas opções que responderiam à pergunta que Rodolfo, agitando os braços em círculos para manter os deltoides aquecidos, havia feito. Não era necessário pensar tanto nisso; ela simplesmente se deixou levar pela boa vibração que os olhos de Rudy emanavam e pela análise minuciosa que determinou: “Ah, ele é muito bonito.” Enquanto procurava os halteres de seis quilos, entre bufadas e goles de bebida reidratante, ela respondeu que sempre estivera de acordo com relacionamentos livres.

A relação foi tratada da forma mais discreta possível; mas suas escapadas contínuas a Miami e sua pose desperdiçada em clubes da moda levantaram suspeitas dos jornalistas de entretenimento. “Somos apenas amigos”, responderam em uníssono e sorriram maliciosamente, procurando a pose ideal para a fotografia.

Antes de pegar a bolsa, ela olhou para uma fotografia na mesa de vidro onde eles estavam fundidos em um abraço amoroso andando por uma praça em Madri. Apenas algumas semanas atrás. Nem tanto tempo e Rudy de repente havia mudado com ela. De repente, chegou uma noite e ele já estava distraído, pensando em outras coisas, como coisas ruins. Sempre a ignorando. Ela, então, tomou outro gole de sua bebida. De seus olhos caíram uma quantidade copiosa de lágrimas encharcadas de rímel azul, como se a bebida tivesse ido direto da boca para os olhos. Ela caiu de joelhos e, pegando o porta-retrato prateado, sussurrou: “Não sobrou nada.” Ela parafraseou seu sucesso mais tocado na *playlist* adolescente. “Não há mais nada, ye ye, ye ye.” Começou a cantarolar a mesma música que Rodolfo havia composto. “Não sobrou nada, nada, nada.” A mesma melodia que estava planejada para ser regravada, mas em versão com banda. “Do que havia em você de mim.” O refrão terminou e, engasgando em seus próprios soluços, ela jogou a foto com força e pegou sua bolsa com determinação desajeitada.

Apesar do sigilo de sua união, toda a mídia a dava como certa. Betsy era feliz e acabou aceitando publicamente. Os fãs, encantados ao verem que a felicidade existe, a acolheram. Betsy viu como esse novo estado de espírito jogou Rodolfo para a rua em seu Audi R8, à noite, a todo vapor, com uma garrafa de conhaque Courvoisier enfiada entre as pernas. Os admiradores de Betsy a perseguiram com perguntas sobre o *show* no Azteca, o encerramento da campanha do candidato da esquerda, o mais provável próximo presidente. Mas Rodolfo ainda não conseguira nada. Ele ainda não conseguira que os responsáveis pela campanha decidissem sobre Betsy. E ela, cheia de inseguranças causadas pelo comportamento de Rudy, sentiu que talvez ainda não fosse famosa o suficiente ou que não estivesse fazendo as coisas direito. Porque era comum que, quando Rodolfo voltasse, com a noite sem dormir estragando suas feições, ele tirasse Betsy da cama para exigir ensaios de dança, aulas de postura e o que mais lhe ocorresse com alvoroço e bronca. Severidade que logo causou um terrível desgaste físico e a ameaça de um colapso. Por isso, escondido de Rodolfo, passou a ingerir todo tipo de estimulantes.

Martín tinha dito a ele, é claro. Que na primeira hora da manhã iria para aquele bairro procurar por aquela criança milagrosa, bem, o pequeno altar que vocês dizem sobre o homenzinho morto. Betsy abriu a bolsa sem tirar os olhos do conteúdo com um certo brilho melancólico.

O olhar parecia ir além dos frascos de comprimidos apetitosamente coloridos; ela se lembrou da atitude de Rodolfo, algo entre envergonhada e desdenhosa, com a qual ele a tirou do palco depois de ter perdido o passo no meio da dança e cair esparramada diante do riso do público. Um ato que mais tarde se tornaria um dos vídeos mais vistos no YouTube e nos programas de fofocas de celebridades.

Na coletiva de imprensa, nunca admitiu ter ingerido uma dose alta de estimulantes; apenas expressou, com aquele sorrisinho malicioso de desculpa, que de vez em quando gostava de bancar a tola. "Fazer papel de boba não é algo complicado, até vai muito bem para mim", acrescentou, questionando silenciosamente se havia dito algo errado, enquanto Rodolfo cobria o rosto com as duas mãos.

Ela limpou seus pensamentos e engoliu algumas pílulas amarelas. Se Martín encontrar uma maneira de me levar ao cenotáfio milagroso, vou pedir a ele que me escolha, não considere outra pessoa para o concerto de encerramento da campanha, para que Rudy seja o mesmo de antes comigo. E por impulso ela tomou outras pílulas, algumas verdes e outras azuis, para ajudá-la a superar a tristeza daquela noite, e amanhã seria outro dia. Uma sensação de leveza deixou seu corpo mais confortável. Sentindo os fios de cabelo na nuca, lembrou-se do quanto gostava de usar o cabelo solto quando era Margarita. Imediatamente voltou a pentear o cabelo, embora já não alcançasse a perfeição de seus cabeleireiros. Jurou cumprir com mais disciplina as instruções e coreografias que Rodolfo lhe impôs, para poder retê-lo. Era um bom momento para começar: as batidas de seu coração lembravam as batidas de seu maior sucesso musical: "Tenho a coceira do amor." Com giros vacilantes e frases quebradas, ela andava pela casa cantarolando, muito certa, felizmente certa, de que sua dedicação salvaria seu amor. A dedicação e o chamado de Martín que a informaria onde se localizava o local em que realizaria o milagre.

Naquele momento, envolto em alta fidelidade; em uma pequena sala e não querendo atender o celular ao verificar na tela que as ligações constantes vinham de Betsy, Rodolfo, com um gesto perscrutador, observou os passos de dança de um grupo de garotas convocadas para um *casting*. O relatório final de uma agência de consultoria lhe deu dados da falta de imagem de identificação para o grupo populacional concentrado entre quinze e dezoito anos. Ele estava olhando especialmente para a garota com o atraente gesto indolente e pernas finas. Rodolfo a imaginou com algumas cirurgias e trajando um vestido de rainha egípcia ou de uma bailarina do Oriente Médio. Ao final da música, a jovem gritou: "Issooo." Ele ouviu como o crepitar encantador de um nascimento de estrela. Ato contínuo, saiu. Ele tinha que entrar no carro como todas as noites e fazer o caminho de sempre, até o centro da cidade. Dirigir em torno de um quarteirão específico até parar em uma loja de conveniência. Estacionar para fumar três ou quatro cigarros diante do olhar intrigado de viciados em drogas e moradores de rua. À espera de algo. Ele não sabia exatamente o quê.

No dia seguinte, os jornais anunciaram como notícia de última hora a súbita internação de Betsy Manzury, a princesa do *pop*, que foi encontrada agonizando nas ruas da zona oeste da cidade, sozinha, depois de, segundo testemunhas, ter caminhado, atordoada pelas ruas de grafite por horas. Em busca de algo que ela murmurava sem que ninguém entendesse o quê. Segundo as informações, a causa da internação foi dor aguda causada por cálculos renais; as fotos mostravam Betsy caída em uma maca com um rosto impressionantemente pálido.

No rádio, um locutor muito aflito disse que a causa tinha sido o esgotamento físico causado pelo excesso de trabalho e advertiu que seu estado era realmente grave. Em um programa de televisão vespertino, especializado em fofocas de celebridades, dois apresentadores efeminados pediram que uma oração fosse feita por ela naquele exato momento, que Betsy Manzury havia entrado no hospital completamente delirante enquanto dizia repetidamente, com voz cansada: "Rudy, me ajude a encontrar Martín, ainda estou esperando a ligação dele... me ajude a encontrar um lugar milagroso neste bairro." E que ela estava com a mão estendida para o lado do rosto como se estivesse falando ao telefone. Mas nisso quase nenhum de seus fãs queria acreditar.

E quando Rudy finalmente atendeu a ligação de um número desconhecido, lamentou não ter dito nada a Betsy. Por exemplo, dizer-lhe que não era sobre ela, que há algum tempo, todas as noites começavam a se fundir em uma só, cheia de imagens irruptivas que o alcançavam no banco de seu Audi com uma garrafa de bebida enfiada entre as pernas. Estacionado na mesma esquina, olhando para o local onde atropelara uma pessoa, um sem-teto, que a princípio considerava um indivíduo qualquer sem importância, sem qualquer presença, até que alguém teve a ideia de colocar uma cruz com o seu nome e data da morte. O que veio para perturbar toda a sua vida. E a de Betsy também. A quem, naquela hora, um locutor pede que seus ouvintes apoiem, colocando oferendas em uma ermida improvisada, construída no local onde ela desmoronou.

Como o idiota do coiote

— Sim, bem, eu te digo, eu era aquele. Um dia eles nos puseram no pátio porque as estagiárias nos deram cloro, ou sabe-se lá o quê, para enxaguar e melhorar nossos dentes, e passou pela tua cabeça, quando eu já estava com o líquido na boca, me dar um soco na barriga. Eu engoli tudo. Como nós rimos, certo?

— Era flúor, usado para melhorar as gengivas.

— Vamos, vamos, então você tem que lembrar. Mas não sei por que você diz não. Bem, naquele dia do brometo foi a primeira vez que te vi, seria na quarta série, porque eu não fiz isso na quinta. Aí eu gostei muito de você, você riu e mostrou as duas fileiras de dentes, brancos, brancos, parecia o colar de pérolas que minha mãe usava aos domingos para ir à missa; faz de conta, o teu sorriso era como o de Luis Miguel, que nessa altura saía de vez em quando com Raúl Velasco. Faz de conta.

— Eu te digo que você está errado, Luis Miguel saiu quando eu estava no Ensino Médio. Eu trabalho para alguém muito importante, você está me confundindo.

— Não, olha, você riu e logo me lembrei do colar da minha mãe, e você não vai discutir comigo sobre isso, que só eu sei da porra da coragem que me deu quando vi, era certo que nesse dia ela ia sozinha. Fiquei em casa sem saber que diabos fazer. Eu me consolei com a TV. O Papa-Léguas, bastardo. Se lembra? Vamos ver, lembre-se.

— Sim, o Papa-Léguas, sim, eu me lembro, com o Coiote.

— Isso, vamos, vamos, vamos ver, cante um pouco, safado, não seja tão chato.

— "Papa-Léguas... Coiote quer comer você." Pronto.

— "E se ele te alcançar", mas você não fez o bip-bip, então veja: "Papa-Léguas, bip-bip, o Coiote quer comer você, e se ele te alcançar..." e eu acho que tinha outro bip-bip, daí você sabe o que mais. A questão é que o babaca do Coiote teve muitas ideias ótimas para pegar aquele pássaro estúpido, mas no final não sei se a falta de jeito dele, ou a porra do azar, ou simplesmente porque ele era o coadjuvante do desenho, caiu em sua própria armadilha. Bem, sei lá, eu te digo, naquela época estava sendo preparado um baile na escola primária, um festival, eu acho, para o Dia das Crianças; a professora pediu para as meninas escolherem seu parceiro, e a Lety, aquela morena, com suas trancinhas, aliás, até sonhava todas as noites com sua franja, escolheu você. E bem, a neta porque a verdade é que você era o mais bonito, seja lá o que fosse cada um. Quero dizer, não pense que sou um puto, hein. Ele disse, sim, você. E você: eu? Com seu rosto sorridente, como o desenho do Papa-Léguas. É o que eu estava dizendo, me ocorreu de me vingar, mas não contra você, eu já te disse, eu gostava muito de você e fora isso vocês formavam um casal muito bonito, era contra outro, um menino gordinho, sabe-se lá o nome dele, mas que também gostava da Lety.

— Olha, eu não preciso te dar justificativas, mas eu estava apenas em uma missão até pouco tempo atrás. Trabalho para alguém muito importante, repito. E essa pessoa me encarregou de vasculhar as ruas daqui. Mas ainda assim, eu lhe digo, você está indo mal, na minha escola primária, quando eu era criança, havia apenas um mágico; os bailes eram reservados apenas para o Dia das Mães.

— Ah, de verdade, foi para o Dia das Mães. Em suma, a vingança: você se lembra dos alto-falantes no pátio, onde eles tocavam? Um estava no banheiro, logo acima de um vaso sanitário, aliás, sempre cheio de merda; ao urinar, o jato rompia a crosta de cocô, um creme acastanhado, e o cheiro era liberado. Você poderia subir naquele alto-falante e espiar o banheiro feminino, a cerca que os separava não chegava ao teto. E aí você me vê removendo os parafusos na base do alto-falante. Eu disse ao gordinho: corre, Lety acabou de entrar no banheiro, vamos vê-la. Vamos, ele me disse, e eu até o ajudei a levantar, e nada, ela não está lá, ele me disse, procure-a, é claro, e nada, não caia, vamos ver você subir, mentiroso, ele me disse, como assim mentiroso e lá vou eu para provar que não estava mentindo. Cerca de cinco segundos depois de estar lá em cima, mães, eu desço. Eu até senti que fiquei no ar por um tempo só para fazer a cara viscosa que Coiote fazia antes de cair do penhasco. Quebrei o vaso sanitário, quebrei meu braço, fiquei com a merda toda em cima de mim. Então a base do alto-falante caiu sobre mim. Juro, antes de desmaiar, não ria, pude ouvir a voz do desenho animado: da marca Acme.

— Eu nem levei isso em conta, te digo, nunca soube disso, de jeito nenhum que eu não teria descoberto sobre sua falta de jeito.

— Ah, eu sei, aquele que você diz era aquele apresentador, mago Paquín, amigo das crianças, um mago meio bicha; eu sempre fui ao festival do Dia das Crianças. Então era para um Dia das Mães, já lembrei, porque minha mãe ficava me falando: que presente bom, pegajoso. E ela passava o tempo todo cuidando de mim, me dando antibióticos, ela via como doía, olha, ainda tenho cicatriz. Minha mãe, cada um sabe da sua, às vezes era bem permissiva. Naquele dia ela me disse: aí, meu idiota, isso não acontece com qualquer um. Mas não quis limpar a merda. Ah não, você limpa isso, isso me enoja. Ela até me disse que, mesmo quando bebê, minhas fraldas a enojavam.

— Ok, ok, sim, estou lembrando. Bem, sim, fui ao baile naquele dia, mas foi com uma tal de Lupe.

— Posso garantir que isso nunca aconteceu com você; você não era qualquer um, você era o bastardo mais habilidoso para o futebol e para as fofocas. Uma vez que você jogou a moeda, no mano a mano, e com o voo da sua mão você me deu um soco no focinho. Partiu meu lábio. Você se desculpou e rapidamente foi ver se tinha ganhado o sorteio. Todas as crianças foram atrás de você. Fiquei longe de todos, sorri, ensanguentado, mas sorri. Não tem problema, gritei pra você.

— Bem, no caso de ter sido eu, o que acho que não porque não me lembro disso, mas se fosse verdade, claro que não foi de propósito. E eu estava andando por aqui sem outro desejo além de cumprir o pedido da minha chefe. Eu estava procurando...

— Ah sim, eu sei, eu sei, sempre soube, você jogou a moeda e sua mão entrou em território anônimo. Lá onde eu ficava, porque é como um pedaço de terra, né? Um lugar de medo porque existem os anônimos, aqueles que servem para viver em um desenho animado caindo em desfiladeiros, ou atirando na própria cara com uma espingarda, querendo atirar em outra pessoa. Seu nome é Martín, certo? Você dançou com Lety, mas se lembra dela como Lupe, porque o nome dela era Leticia Guadalupe. A garota mais fofa.

— Sim, sou o Martín. Mas se eles não escolheram você, e sim a mim, não foi e não é problema meu.

— Espere, espere, eu sei aonde você está indo. Se não me escolheram para dançar, não foi porque eu era feio. Na verdade, tenho esse calombo na cabeça desde muito pequeno, quando um bicho me mordeu, e minha mãe falou: "Foi um mosquito, vai desaparecer logo", saindo rapidamente com seu colar de pérolas, mas feio eu não era. Embora tivesse um certo gesto de coragem, isso sim, como se já adivinhasse a vida de merda que me esperava. Pois você viu meu bairro, lá onde te encontrei, no cenotáfio ao qual já havíamos chamado de Menino Santo, um garoto esmagado com uma pedra na cabeça, dias antes. Essa é a cena da vida de merda que coubera a mim. Mas bem, feio, feio, não era; em vez disso, eles não me escolheram por causa da minha má sorte.

— Sim, eu sei. Estava procurando pelo... como você o chamou? Cenotáfio? Eu percebi o que você diz, a vida de merda se reflete nas pessoas. Eu vi quando eles rezavam, tanta angústia, tanta dor, tanto desejo de que um pequeno milagre fosse feito por eles.

— Sim, você fez bem em concordar em vir para a minha casa assim que me virei para te ver e te reconhecer. Entendo que você se sentiu desconfortável e um pouco assustado pelo que se passou, pelo que você disse, e talvez para te salvar de como já estavam te vendo, foi que você aceitou meu convite para tomarmos uns tragos. Eu te disse: éramos colegas de classe no Fundamental. E você: não me lembro. Mas para sair de lá, você aceitou meu convite, Martín. Você parece o mesmo, bastardo, desde criança já mostrava aquele ar de distinção, bem aqui.

— Por cortesia aceitei seu convite. Bem, a verdade é que foi um erro ter dito o que eu disse. Não era a hora, talvez. Mas eu estava sob pressão da minha chefe e não podia decepcioná-la, fazê-la acreditar em coisas que não existiam.

— Caminhava como turista em um país exótico, tão distante de todos apesar de estar ali entre a multidão. Passou um bom tempo jogando seus rosários para o menino, diante do altarzinho que havíamos acabado de construir para ele. Você pedia permissão para passar na frente. As senhoras te viam, branquelo, bem vestido, e abriam caminho para você.

— Quando me aproximei da sua janela vi a foto do menino. Era o mesmo que havia assaltado a um amigo e a mim do lado de fora de um restaurante. Ele junto com outros meninos, magrinhos, sem nádegas, um gorro mal enfiado na cabeça quase raspada.

— Olha, caralho, eu me casei, minha mulher me deixou por eu ser alcoólatra. Ou por causa da minha má sorte. Ah sim, já me lembrei, aqui vai: "Chegando na estrada você ouve um bip-bip, fique tranquilo que é sobre mim, porque nem o Coiote feroz pode me comer e se ele continuar com suas armadilhas malucas ele vai se matar...” Canta, filho da puta.

— ...

— “Papa-Léguas”, aí você entra, canta, diz: bip-bip.

— ...

— Humm, “o Coiote quer te comer, e com suas armadilhas, ele nem sabe mais o que fazer...” Então não cante. A rouquidão já me pegou. Falando do terreno que comentava há pouco... vamos ver se me entende. Você gostava dos cogumelos. Você usava o Converse, o Vans da moda. Tudo em ordem, de acordo com o seu tempo. As bicicletas chegaram; a *breakdance* que você dançava como um deus; as noivas; os bons empregos. Então, tudo bem ajustado na porra da vida.

— E como você sabe de tudo isso, eu nem me lembro de você, nem éramos amigos.

— Claro, você não se lembra de mim, e mais, babaca, para você eu não existo. É isso, porra, para quem é como você, não há os como eu. É por isso que colocamos cenotáfios em bairros como o meu. Porque a história que você aprende em seus colégios não fala sobre nós. A história só fala sobre o que é importante, sobre pessoas importantes, como as que você diz ser sua chefe. Os cenotáfios são a nossa marca na vida, a nossa memória, a forma de nos fazermos presentes para aqueles que não importam para ninguém. É marcar a vida, como um arranhão na pele, para que não sejamos completamente apagados.

— Não fode.

— Como não, seu puto, estou cheio de seu desenho animado anônimo, monótono, vivendo em constante disparate, o deserto do Coiote e do Papa-Léguas, faz de conta. Eu, da escola primária ao trabalho ocasional; desde a morte de minha mãe até revivê-la me casando com a primeira idiota que conheci; pura desordem. Minha mãe dizia para eu não pensar assim.

— Assim como?

— Isso de me sentir dentro de um desenho animado. Eu ficava assistindo o Papa-Léguas enquanto ela estava sendo fodida. Compraria uma corda e veria: da marca Acme; comprava um vinho: da marca Acme. Mas o que mais me pesava era a porra do colar de pérolas da minha mãe; igual pesava ao Coiote a bigorna que o puxou para o vazio do precipício.

— E qual é a minha culpa nisso? O que me importam as suas besteiras?

— Porque quando minha mãe colocava seu colar que dizia ser de pérolas, toda sorridente e perfumada, eu esperava que o Coiote finalmente explodisse a porra do Papa-Léguas, para que talvez a minha cara sorrisse, e ficasse um pouquinho igual à sua. O rosto sorridente que eu vi quando você tirou nossa ilusão ali diante do pequeno altar do menino santo, quando falou em voz alta que ele era apenas um ladrão. O mesmo rosto sorridente que você tinha sempre na escola primária. De gozação. Como se você estivesse sempre feliz em tirar algo de nós. Como o Papa-Léguas.

— Qualé, cara.

— Sim, é. Ei, agora que penso nisso, talvez o colar da minha mãe fosse mesmo de pérola, porque com a venda eu comprei a arma. Sim, da marca Acme, diz aqui. E a corda com a qual te amarrei. E os soníferos que coloquei na sua bebida, da marca Acme. "Papa-Léguas, bip-bip, o Coiote te ama..." Não, não, você tem que dizer bip-bip, vamos ver, abra a boca, sorria, diga "bip-bip". "Papa-Léguas..." diga "bip-bip". Não tenha medo, "bip-bip", sorria, vamos lá, diga. Pare de bater os dentes, seu puto. Engole a saliva, você está pingando na arma. "Papa-Léguas, o Coiote quer comer você"... Você já se encheu de baba, vamos ver se atiro agora e não explode e deixa minha cabeça cheia de fuligem e meu cabelo em pé. Como o idiota do Coiote.

A rédea

Tranquilino, abrupta e repentinamente, vira o pescoço para um dos lados. Fecha os olhos diante do ataque de luz sólida, fria e dolorosa, que de súbito chega. A noite se quebra em mil partes estrondosas; a escuridão envolta em estrelas, colinas agitadas e massas de gente sombreada, despeja-se em ondas densas que escondem toda a noção de tempo. Então, deitado no chão, procurando uma explicação para o que aconteceu, para aquilo que o tem assim e ainda não entende, ele se vê preso em um fluxo de vazio incompreensível, um vazio ardente em que a busca de explicações se dissolve diante do zumbido permanente dos ouvidos e as batidas rápidas de seu coração.

É então que ele tenta abrir os olhos. O peso das pálpebras, o fato de tentar algo que teria que ser reflexo, impede a entrada da realidade. E, diante disso, se concentra em atender — respirando fundo, desobstruindo as nebulosidades do cérebro — aquilo com que apenas pode contar: sensações, duas ou três memórias, percepções de imagens intermitentes de certeza improvável.

Assim, acredita que está desmoronando dentro de um orifício aberto sobre si mesmo. Sente algum medo de afundar. Para evitar afundar ainda mais, procura freneticamente por algo para se agarrar. E é bem ali, no meio de um golpe um tanto desconexo, quando ele se descobre de bruços, sangrando, com um braço dormente e o outro desenhando sua busca inalcançável em nada. Então, sua mão finalmente encontra algo.

A rédea! — supõe. E de repente, apesar de toda a dor que comprime suas articulações, ele a abraça forte. Como um estado de vigília que vai gradualmente se enchendo de cores e imagens distorcidas para armazenar o sonho que está por vir, Tranquilino aos poucos vai se enchendo de cenas fulgurantes, cortadas em sequências rápidas, e reconstrói uma realidade possível: ele sabe que está ferido, maltratado, deitado no lombo de seu cavalo em um galope deslizante como se tivesse cavalgado em um sonho.

As imagens nebulosas e disformes chegam a ele como pedaços soltos de uma memória em processo de reestruturação. Quando foi incorporado à tropa, levaram-no à presença do rebelde Pedro Sandoval. Ele é visto em posição de sentido, com o rifle nas mãos e os olhos fixos nas ordens que lhe dão. Você, Tranquilino, é um menino, vá com meu irmão Nicolás ver o que acontece com aquela cidade! Verifique se há federais.

Mais tarde entraram na rua que levava ao jardim paroquial. Tudo estava deserto, silencioso. O bater de cavalos bem ferrados, o passo duro parecia ricochetear de parede a parede. Ao longe, eles distinguiram um grupo de federais andando como se nada acontecesse. Tranquilino e Nicolás esporearam seus cavalos nas idas e vindas e foram ao seu encontro. Antes de alcançá-los, um grito anônimo alertou os soldados. Correram para encontrar uma posição. Recuaram até um muro e abriram fogo.

Nicolás caiu de seu cavalo dócil diante do sopro abrupto da morte. Tranquilino, que esperava tudo menos isso, ficou pasmo. A morte foi isso, um ato intempestivo corrigindo algo que não dá para causas maiores. O tapa de um ser grosseiro que de repente não quis mais o que começou a cansá-lo.

As batidas de seu coração e o zumbido permanente o trazem de volta do fluxo de imagens que ainda o assustam. Que ainda o impressionam. A exaustão o faz sentir como se tivesse passado muito tempo desde aquele evento; mas, olhando para o constante gotejamento de seu sangue, ele deduz que talvez só tenham passado algumas horas. A dor parece um corpo interno querendo estourar os músculos e a pele que o aprisionam. Tranquilino se contrai em um esforço de resistência. Esgota-se. Desiste de qualquer tentativa de compreensão. Deixa as imagens correrem livremente por sua cabeça. E se agarra a elas.

Lembra que ao ver seu companheiro caído, foi surpreendido por seu cavalo que subiu na calçada, galopando contra o coronel da tropa, como se o animal conduzisse o processo. O soldado apontou para rosto de Tranquilino com a quarenta e cinco. Pareceu-lhe que via a ponta da bala saindo, destinada a atingi-lo. Ele gostaria de desaparecer, mas também tinha sua arma pronta. Ele puxou o gatilho e viu o rosto do coronel ficar vermelho de sangue. "Dei alguns tiros nos outros soldados e depois lutei." Suponha. Confiando que as imagens em sua cabeça explicam pouco a pouco a condição de sua realidade.

Em pleno voo, procurando juntar-se aos outros rebeldes, descobriu-se uma mancha molhada na altura das axilas. Era sangue. Ele não sentiu nenhuma dor nem nada, mas o federal o atingiu também. Depois de saber que estava ferido, uma explosão luminosa, fria e dolorosa, sacudiu seu cérebro. O colapso começou.

Além do torpor e da ardência, tudo está escuro; escuro como o interior das pálpebras comprimidas. A mão ainda está agarrada ao que ele supõe ser a rédea de sua montaria. Ele a aperta ainda mais, seguro de que a sua salvação depende disso. No manto nebuloso que o envolve, brilha uma série de figuras que Tranquilino acredita serem irreais. Figuras com aparências luminosas e indefiníveis, talvez sinais do deslumbramento da luz sólida que o atingiu. Não se surpreende.

Ele sabe que quando se perde sangue a mente vagueia. E aqueles rostos sérios, presos na escuridão ao seu redor, movendo a boca sem fazer barulho, devem ser alucinações. O mesmo vale para aquelas luzes giratórias que iluminam o ambiente e pintam de vermelho e azul os cumes dos morros e as pontas dos arbustos ressecados. Também deve ser alucinação esta mulher de gesto comovido que se inclina constantemente para ele, de cujas orelhas brotam um par de ramos que pendem em pequenos círculos, e que Tranquilino entende como uma memória distorcida de algumas das muitas mulheres que ajudam e entregam-se sempre à causa dos rebeldes.

Será aquela senhora que, ao vê-lo vagando e ferido em busca de seus companheiros, lhe dissera: "É uma rua fechada, melhor voltar. Segura bem a rédea! Não vá segurar mal." Terminando a última palavra, ela mesma colocou a rédea sobre a sua mão.

E ele segurou firme nela. Firme porque isso mostra quanto a pessoa está disposta a viver. Então, pareceu-lhe ouvir de novo aquele grito de alguém quando encontrou o grupo: "Lá vem Tranquilino, ferido." Quando o desmontaram do cavalo, deitaram-no ao lado dos corpos rígidos do coronel e de Nicolás. Ele pensou em Pedro. Em seu chefe católico Pedro Sandoval. E em todas as coisas que tinha por lhe dizer. "Ei, Tranquilino, esse é um daqueles que te ferraram?" — alguém lhe perguntou. Mais morto do que vivo, com o sol no rosto e a multidão se aglomerando sem respeito, ele mal abriu os olhos para confirmar se o sujeito que eles haviam encurralado era um dos participantes do tiroteio.

Seu olhar mal alcançou sua cintura. Ele era um homem barrigudo. "Acho que sim." — disse ele só por dizer — o que mais, quando se está deitado só vendo o tempo passar. Mal aguentou o som do tiro que se seguiu, só queria ver Pedro Sandoval.

A dor persiste e é mais intensa. Já não se sente mais em um lugar específico; não é mais o braço, a perna, o abdômen. Não causa mais choro, gritos, nenhuma careta. Agora a presença da dor engloba tudo o que é possível causar e todos os lugares onde ela pode se manifestar. Depois de ultrapassar os limites do suportável, começou a se espalhar para áreas que vão além do corpo. Talvez a alma. A sensação é uma sombra galopante que faz com que a dor seja um pedaço de chão rachado que o olho apertado capta, os murmúrios de palavras confusas do vento, as formações de nuvens acinzentadas que lambem os cumes dos morros. A dor de tamanha intensidade transbordou e saiu do corpo, se ela se manifestar em algo, sem dúvida estará na própria existência. E Tranquilino se permite um sorriso. Apesar de sentir que deveria ser seu corpo sacudido por uma massa de mãos enterradas no que deveria estar doendo, há um indício de sorriso em seu rosto.

Ele se lembra de ter sido informado de que seu chefe Pedro havia se retirado para uma cidade próxima, precisamente a cidade de Tranquilino, para enfrentar outro grupo de federais. Queria contar a ele o que aconteceu. Falar na cara dele, como Pedro Sandoval gostava. As pessoas tinham feito uma maca de gravetos para levar os feridos para fora da cidade. Já não podia mais dizer o que em um momento havia planejado. O choro que estava preso veio. "Se eu não tiver mais utilidade para vocês, é melhor me colocar no meu cavalo ou me deixar deitado aqui, mas não me coloquem na maca", disse-lhes. Ele era um guerreiro. Trazê-lo para fora como inválido, fazer com que seus companheiros sentissem pena dele, não era para ele; ele preferia montar em seu cavalo e ir para sua terra para morrer. Pedro Sandoval sem dúvida o entenderia.

A sugestão de um sorriso permanece; a dor da existência permite de tempos em tempos certos períodos de calmaria. E assim, com aquele realce das maçãs do rosto rachadas, que poderia ser entendido como um sorriso, e com os ouvidos tapados por batimentos cardíacos e zumbidos obstinados, ele acha que compreende sua situação: ele cavalgaria em busca de sua gente, com a placidez e o orgulho de ter a honra que Pedro, o grande chefe dos rebeldes católicos, lhe concederia. Os punhos seguram a rédea. Então o zumbido e a batida do coração diminuem. A dor foi se esgotando e se esvaindo a ponto de obter uma leveza que reconcilia Tranquilino com tudo o que poderia estar lhe causando desconforto. Então ele é aliviado por uma carícia repentina de uma nevasca gelada. Com um semblante sereno, ele percebe uma calma que o leva para uma folga além de qualquer torpor.

Ele procura em sua mente o que se passou no lapso que existiu, desde o momento em que seus companheiros o colocaram no cavalo, e esse momento que ele agora habita. "Por que tantas coisas aconteceriam?", ele pergunta. Sente um pouco de raiva por não se lembrar de nada com exatidão. Há um vazio latente. Ele supõe que algumas horas devem ter passado, mas ao mesmo tempo ele sente que foi uma eternidade. Como se o cavalo, com um trote deslizante, tivesse percorrido uma distância muito longa. Seus punhos perdem força. A rédea começa a querer escorregar por entre os dedos.

Surpreende-se com o sentimento de perda. Está muito preocupado por não ter certeza do que aconteceu. Mas também está animado que isso seja uma boa coisa para discutir com Pedro. Vou ter que conversar com ele sobre isso e aproveitar para lhe agradecer a honra agora que o verei novamente. Porque em contraste com a perda de certas coisas, há nele a segurança de que o verá. Que irá encontrá-lo novamente e se prostrará diante dele, prestando-lhe suas merecidas honras.

Sob o corpo inteiro, bem no peito e na bochecha direita, ele sente o trote do cavalo avançar com segurança e sem hesitação. O zumbido desaparece. A crina do corcel se intromete em seus lábios ressecados, em suas narinas escancaradas, enquanto ele suspira completamente. Ele abraça o pescoço do animal. Avança. Ele distingue à sua frente uma nuvem de poeira brotando estandartes da Virgem e do Cristo Rei. Gritos de fervor e medo. Trompetes despertando as tropas. O trovão das balas diminui. O bando é organizado e se forma em duas fileiras. Eles se benzem e beijam seus escapulários. Pedro Sandoval ignora a batalha e com o cenho franzido, a pistola ainda fumegante, as bochechas coladas ao peito, desmonta e avança entre as duas filas com um rosto que expressa agressividade feroz em processo de se transformar em gesto de prazer. Ele estende a mão. Tranquilino sorri. Ele solta as rédeas para retribuir e se deixa levar. O coração acelerado sucumbe.

O murmúrio de uma multidão de espectadores mal permite que um maqueiro ouça a voz da médica que atendeu o caso, que, levantando o tronco, tirando o estetoscópio e sem desviar os olhos do corpo recém-ferido do velho, diz: "Ele está... ele já está morto. Eu nunca vi alguém com essa gravidade de ferimentos aguentar tantos minutos vivo." Dentro da cabine do *trailer*, o motorista, sofrendo de um colapso nervoso, jura perante um promotor público que o velho atravessou a rua de repente sem lhe dar tempo de frear.

As luzes da ambulância com sua esmagadora cintilação giratória permitem que os motoristas dos carros que passam cautelosamente ao lado do acidente apreciem os dedos rígidos de Tranquilino agarrados a uma das correias da maca. E alguém, talvez um morador da vila perto daquele ponto da estrada, surge com a ideia de desenhar uma cruz de cal no asfalto, para que a alma encontre o caminho para o seu descanso eterno e a salvação.

Quinze segundos

Quinze segundos podem ser um tempo insignificante na vida. Na contabilidade da história pouco se repara neles. Quinze segundos se perdem facilmente no minuto que bastou para o cientista apresentar a fórmula de sua invenção; ou para que o assassino golpeasse à faca no momento exato de seu crime. E é o minuto, a hora ou o dia que impõe sua hegemonia no momento de sinalizar um evento.

Mas para Tirso Guerra, caído do lado de fora de uma loja com um refrigerante que mal bebe ao lado de Roxana, que não faz nada além de respeitar o silêncio entre eles, os quinze segundos significam uma massa sólida que ocupa toda a magnitude de seu pensamento. Se fosse a imagem de um caricaturista, os componentes desse casal seriam vistos na caixa, escurecidos e de cabeça para baixo, sob uma pequena nuvem presa às suas cabeças por meio de pequenos círculos com a frase **QUINZE SEGUNDOS!** com ponto de exclamação e letras maiúsculas. E em negrito para ampliar o peso da trama.

Há alguns anos, quando Tirso era criança, via na TV algo como uma porta para enfrentar o curso que o levaria a coroar sua vida. Era exatamente um videoclipe de um grupo de Heavy Metal chamado Twisted Sister.

A princípio, via-se um adulto encarnando a figura de um patético pai de família, correndo furioso para o quarto do filho, de onde escapava um som de *rock* a todo volume. Chegou e o repreendeu com um alarido espalhafatoso e, no meio disso, perguntou o que ele ia fazer com sua vida. Tirso ainda não sabia inglês como agora, mas soube a resposta sem nenhuma dificuldade.

O filho, vestido com uma magnífica indiferença e exibindo um admirável brilho de indolência, respondeu: "I Wanna Rock."

Imediatamente depois, ele dedilhou um acorde barulhento em sua guitarra elétrica pendurada em seu torso, cujo rugido fez seu pai pular até enfiar a cabeça no teto. E Tirso, tremendo diante da televisão, verificava no ponteiro de segundos de seu relógio o tempo que duraria o contato com sua rota a seguir: quinze segundos.

Quinze segundos foram suficientes para ele saber o lugar que ocuparia no futuro: um palco banhado por luzes multicoloridas, guitarras penduradas, diante de uma multidão de fãs entusiasmados cantando cada uma de suas músicas.

Com o tempo, esses quinze segundos serviriam como uma faísca que aciona a maquinaria que cria sonhos e desejos. E cada uma de suas ações seria vivida com a consciência de que agia como uma força centrípeta, em cujo centro estavam as aspirações forjadas naqueles quinze segundos determinantes. Aprendeu rapidamente a decifrar, com trabalhosos exercícios de pesquisa na ponta dos dedos, os mistérios resguardados nas seis cordas do violão. E ele sempre soube que cada festa em que seu talento era exigido, cada canto povoado por notívagos ávidos de acompanhamento musical para suas cervejas, cada participação no coral do templo, eram uma espécie de trampolim que impulsionariam seu caminho para o estrelato.

É um bom menino: saudável, atencioso, responsável e muito sorridente todos os dias. Bom amigo. Seu gosto pela boêmia foi o visto com que ingressou na aceitação de todos. Nunca foi muito trabalhador; na verdade, nada. Ele nunca permitiria qualquer tipo de distração para desviar seu sentido. Embora ele sempre tivesse algum dinheiro. E sempre ao lado de Roxana. Bonita, sorrindo também e muito legal. Não havia um dia em que eles não estivessem juntos. Eram vizinhos, e desde muito jovens uma empatia muito concreta surgiu entre eles.

Haviam cursado toda a escola ao mesmo tempo e, embora nenhum deles tenha aparecido nas listas das faculdades, eles continuam com os planos, até o momento, de ingressar na carreira de ciências da comunicação. Não são namorados, mas todos dão como certo. Ela canta lindamente e assim conseguiu se entrelaçar com os desejos de Tirso; e a insistência de ambos em cumpri-los fez com que compartilhassem suas lutas pessoais contra as inclemências que a vida às vezes apresenta. E sempre juntos.

O pai de Tirso passou boa parte de sua vida tentando argumentar com ele. Ele garante que não vê mais nestas novas gerações a cultura do esforço físico. Não há mais coragem ou vontade de se virar, como ele fazia, ou vem fazendo, quase desde a infância. Agora os jovens querem tudo fácil. Ele diz. Cada vez tudo fica mais confortável e mais suave. E depois solta um desabafo, diante da quase evidente indiferença de Tirso, bastante ocupado afinando a guitarra de ouvido, sobre como as coisas eram alcançadas antes: trabalhar muito, cansar o corpo, carregar o peso das ambições, aguentar. Agora eles querem tudo fácil, ser artista, ser isso, ser aquilo; eles querem tudo em quinze segundos.

Quinze segundos. Tirso reflete. Ele aprecia que os acordes já soem como deveriam e pisca para seu pai como forma de despedida.

Tirso sempre amou Roxana, mas, devido a um possível medo de ser rejeitado, ele adiou a declaração de seu amor por ela até que os tempos fossem melhores; talvez quando seus sonhos se tornassem realidade e a rejeição fosse impossível. E assim um dia, na casa de Roxana, enquanto ela atendia aos pedidos que sua mãe fazia para as compras de supermercado, e Tirso aproveitava cada vez que a oportunidade de atuar como seu companheiro se apresentava, eles viram na TV, que nas tardes entretinha a mãe dela, um comercial que convidava todos os jovens do país para o novo *casting* para fazer parte de um projeto de um novo canal.

"Buscando a Voz" era o nome de tal projeto. Era para treinar futuras estrelas da música. Eles nunca foram para uma tarefa mais felizes do que naquela tarde, algo lhes dizia que o caminho para a glória estava aberto e logo eles teriam que embarcar; o sol parecia um alto refletor e cada rua um palco, o burburinho do supermercado uma promissora antecipação das ovações que viriam. E eles voltaram tão felizes que nem perceberam que os tomates estavam um pouco passados.

Chegou o dia do *casting*. Teve uma noite ruim justamente por causa de seu pai. Ele queria estender suas próprias preocupações ao filho, informando-o de dívidas vencidas com o banco. Esses bastardos já são donos do mundo. Estava dizendo a ele. O dinheiro nem é mais material, agora são puros fluxos tecnológicos que vão de um lugar para outro totalmente voláteis, mas que te deixam terrivelmente endividado. Isso foi o que seu pai disse quando ele decidiu ir dormir. Ele ficou um tempo no Facebook pelo celular, postou que amanhã seria um ótimo dia para ele, que participaria do referido *casting*, e quando chegou aos oitenta e três *likes* foi dormir.

Quando chegaram, às sete horas da manhã, o local já estava cheio de candidatos. A atmosfera da juventude era festiva, e canções e guitarras podiam ser ouvidas em todos os lugares. Inclusive alguns outros instrumentos musicais (acordeons, tambores, trompetes, saxofones) de programas e aplicativos em dispositivos móveis. Procuraram o fim da fila e para encontrá-la rodearam a escola que os organizadores adaptaram para cumprir seus propósitos. Eles ainda avançaram mais três quarteirões.

Por volta das nove horas da manhã, alguém entregou os cartões: pequenas folhas de algum caderno de papel numerado. Eles pegaram os números doze mil e trezentos e doze mil trezentos e um.

Todo mundo esquentava a garganta com músicas (*hits* atuais em inglês e espanhol) que interferiam entre si — uma babel *top ten* — e com *shots* de refrigerantes, bebidas hidratantes e cerveja. A energia juvenil vibrava ao máximo e começou a interação entre milhares de Beyonce, Alejandro Fernández e One Direction.

Tirso não escondeu seu desgosto ao ver um cara, que vai saber quem caralho teria lhe dito que camisas de *lycra* esconderia suas espinhas salientes, conversar efusivamente com Roxana. Mas como naquele momento estava ajudando muitos cantores a tirarem *selfies* ou vídeos com seu violão, ele não disse nada. Além disso, tudo eram sorrisos, tudo era uma celebração constante; cada um dos presentes parecia já se sentir uma estrela e dono de um lugar no "Buscando a Voz", com seus *jeans* de marca, seus penteados elaborados — CR7 para homens e Miley Cyrus para mulheres — e óculos escuros. O sol também parecia um jovem impetuoso, mas arrogante demais, ainda mais do que o estúpido de camisa preta que se esforçava tanto para fazer Roxana rir. Tirso não sabia o que era mais irritante entre o sol e o idiota de camisa de *lycra*. Mas o que foi causado por este último reverberou mais do que a impaciência do meio-dia sem avançar na fila, mais do que os fios de cabelo ardentes, mais do que as axilas de vários lançando sérios avisos de decomposição.

Entre todo o barulho de impaciência e cansaço que começou a ser gerado, alguém com verdadeira habilidade e humor duvidoso gritou: Não desistam dos seus sonhos! E o riso se espalhou por toda parte.

A vontade de urinar e os gritos das tripas famintas anunciavam a chegada das quatro da tarde. O valentão do sol parecia ter trazido sua gangue de sóis para tornar a luta contra as pretensas estrelas mais cruel. E o cara de cabelo comprido e camisa de *lycra* já estava dançando uma música cativante com Roxana. E ela ria e ria. Os testes haviam começado, e a fila movia-se lenta e desordenadamente; o tumulto agitou-se numa onda densa, e Tirso, preso entre braços e pernas de outros, foi arrastado pela impetuosa corrente que apesar de tudo continuava a ensaiar as suas canções. O engraçado especialista na arte da ironia insistiu: Resistam, a fama nos espera! Risos, assobios e uma boa quantidade de xingamentos à mãe.

No meio do bufê do coro, a voz de Tirso se ergueu: "Roxana, vem cá." Ela, no meio de uma risada olhando nos olhos do cara de camisa preta de *lycra*, o ignorou. Ele estava curioso para saber o motivo da risada dela. É claro que tinha visto ela rir daquele jeito, quando viam algum *meme* engraçado juntos, algum comentário engraçado compartilhado por alguém no Facebook, quando viram o vídeo da menina do Ensino Fundamental corrigindo o Secretário de Educação, ou por causa das idiotices do presidente etc. Mas algo na risada de Roxana, naquele momento, causou-lhe um verdadeiro desconforto.

Foi quando ele se sentiu agitado dentro de um redemoinho rápido e frenético, empurrando-o para a entrada, movido pelo giro de cada menino que entrava para fazer seu *casting*, ou seja, pela oportunidade de escapar da realidade que naquele momento compactava a miséria causada pelas tentativas grosseiras de sair dela. Perto da porta, Tirso mal podia ver Roxana andando de braço dado com o magricela, na direção oposta a ele. E viu muitos garotos desanimados para fora do prédio, com a frustração nas costas. Mais uma vez o engraçado: Não desanimem, aqui vem o elenco de Operação Talento! Risos misturados com vaias e mais palavrões à mãe.

Por volta das sete e meia da tarde, lutando contra a languidez das pernas e preocupado com o desaparecimento de Roxana, Tirso estava diante de uma câmera iluminada e da mesa de rostos entediados dos juízes de qualificação. Ele ouviu a voz tediosa de uma mulher pedindo--lhe para cantar. Você pode começar, por favor? Obrigada. E Tirso cantou.

Quinze segundos. Em quinze segundos, o bebê consegue respirar pela primeira vez fora de sua mãe. Em quinze segundos, a borboleta recolhe seu alimento de uma flor. Em quinze segundos, o sonho que leva um vencedor ao sucesso é concebido. Em quinze segundos, é criada a jogada do gol do campeonato. Em quinze segundos, a célula cancerígena brota, a explosão que mata centenas de pessoas ocorre, o homem-bomba cai do último andar. Mas ninguém os nota, aniquilados na imposição da insignificância. E vai que tenham algum peso, que contem por que costumam servir de gatilho para uma ação que afetará cada hora de uma vida.

Quinze segundos avançaram como pequenos predadores para devorar aqueles quinze segundos que haviam gestado os desejos de Tirso, que os via aterrorizados executar sua tarefa voraz. Quinze segundos foi o tempo que durou sua oportunidade, seu *casting*, antes que a mesma voz tediosa da mulher o detivesse e o rejeitasse como candidato a "Buscando a Voz": Muito obrigado, como você diz que é o seu nome? Tirso. Olha, você canta bem, mas não é o que estamos procurando, continue se preparando e nos vemos ano que vem. Adeus.

Quinze segundos. Tirso lembrou-se das palavras do pai. Você quer tudo rápido, em quinze segundos você quer resolver sua vida. Pra você tudo é lazer e diversão e com isso você pensa que vai progredir na vida. Eles não querem mais trabalhar duro como costumávamos fazer na idade deles. Trabalhe duro, garoto preguiçoso. Tirso se lembra das palavras do pai sob uma sombra de tristeza que esconde seu rosto.

O cara da camisa preta de *lycra* levou quinze segundos para despir as inibições de Roxana no banco de trás de seu carro. E que ela decidiu abaixar a braguilha das calças e começar a mergulhar na ideia de sentir vontade de flutuar sem peso e sem decisão própria, à vontade de um balanço avassalador que a colocou em situações que nunca imaginou.

Quinze segundos se passaram para Tirso e Roxana explicarem um ao outro, em silêncio e chorosos, sentados sem tomar refrigerante, o que aconteceu com a fraqueza de cada um, a insignificância de seus comportamentos na vida, o pouco peso de suas vontades. E ali — ao lado de um cenotáfio de granito com o nome de Giancarlo Farnesio, 1985-2015, gravado numa placa, que Tirso continuamente vira para ler como se desejasse que a desgraça alheia prevalecesse sobre a sua, que afinal de contas, é para isso que essas marcas poderiam ser usadas, um museu da cidade dos infortúnios — penso que em quinze segundos um quadrinista que tanto analisa deitado em sua cama, um daqueles que asseguram que no fundo da dor está o quadrinho, poderia caricaturar a imagem dos dois, caídos do lado de fora de uma loja, cada um com um refrigerante sem beber, para exibir a graça de quem acaba de sucumbir ao tremendo peso da leveza.

No limite

Apresento-me: sou o autor da próxima história a ser contada. Por enquanto, considerada a voz narrativa. Meu nome é Blas Uribe, narrador extradiegético que estará no comando daqui por diante.

E quem está ali agora, encostado em uma cerca, na beira da calçada, apaziguando surtos de cansaço, fumando a delícia que não havia encontrado nos quinze cigarros anteriores, é alguém que chamei de Funes Toledano, o principal personagem da história que já está começando, embora na realidade já tenha começado porque se trata de um desenvolvimento temporário *in medias res*, a narração começando no meio da anedota a ser desenvolvida.

O espaço é uma rua de Guadalajara, que é o único local que conheço. Gostaria de escrever uma história sobre os guetos de Nova York, ou as praças de Madri; ou qualquer outra cidade em qualquer outra parte do mundo, mas neste momento e nesta altura da minha vida, isso é impossível. Limito-me a Guadalajara e especificamente aqui na região de Santa Teresinha.

Em suma, o personagem, indiferente ao tumulto dos transeuntes, lembrando-se do ocorrido horas antes, solta uma gargalhada promíscua como ponto final de uma cena que termina em sua memória. Aqueles que o ouvem, personagens incidentais, ficam alarmados, desconcertados; mas sem se sentirem aludidos pelo riso, não se ofendem, ficarão surpresos, mas não se ofendem. Quem poderia se sentir ofendido não está lá. Ele já está longe, em outro palco, em outro nível espacial, entrando em sua casa ou prestes a chegar. Em um bairro distante dali. E em um nível muito mais alto. O nome dela é Victoria.

Funes a tem em seus pensamentos. Sei disso porque sou, como sugeri antes, um narrador extradiegético, e a onisciência é minha. E eu sei que o simples fato de mencionar seu nome dispara sua risada. Victoria Ferrer. Ele menciona o nome em um sussurro, desafiando-se a parar de rir. Impossível. Outro riso. Eles ficaram juntos a tarde toda. Horas que, uma a uma, são reiniciadas em sua memória, enquanto espera seu caminhão, relaxando as costas, observando como a brasa vermelha de seu cigarro traça linhas uniformes na noite. A tarde os divertiu descobrindo alternativas ao tédio da vida, especialmente a vida conjugal, no confortável abrigo de um motel. O desenrolar deste encontro será o ponto de partida e a razão principal da história.

As camareiras de motel: seres fantasmagóricos sem rosto cuja figura se esvai entre os becos que separam as fileiras de quartos, passam com seus fardos de lençóis e pulverizadores, esquivando-se do ritmo lento dos carros em busca do quarto designado. Sua palavra de ordem é não ver ou saber nada. E, agachando-se sobre si mesmas, elas ocultam seus rostos em uma sombra nascida de sua prudência. Como bem se sabe, por detrás dos arbustos dos canteiros fingem ser discretas, esforço que se anula ao primeiro estiramento do pescoço ou ao menor indício de lateralidade. É assim que esse tipo de personagem, não secundário, mas sim incidental, se torna o protagonista, pois de repente assume a gestão absoluta da anedota.

E não só por isso, às vezes também são intérpretes bem-sucedidos da diegese e, portanto, capazes de conhecer a verdade que mais tarde os faz explicar para si o que está oculto e que devem guardar, porque senão o interessante da história se perde, barateia a tese do relato.

Mas bem, essa voz narrativa, essa onisciência, está apenas tentando expressar o material que compõe sua mobilidade fantasmagórica: entidades insubstanciais que só se materializam quando batem com os punhos, de fora do quarto, na janela de ferro para dizer: boa-noite, senhor, são trezentos e cinquenta pesos, quer beber alguma coisa?

E foi a voz da camareira que salvou Funes do discurso ininterrupto de Victoria. Ela não parava de falar, lembra Funes (lembre-se de que o protagonista está recostado em Santa Teresinha, ele percorre a analepse, ou seja, sua história remete a uma série de *flashbacks*), desde que a encontrou encostada no carro no estacionamento da Plaza Sur, Colón e Periférico, local combinado para o encontro.

Vestia-se com a informalidade de quem vai às compras: *jeans* justos, tênis, óculos escuros e um moletom amarrado na cintura, divertindo-se com o celular. Talvez escrevendo mensagens para o marido sobre um possível atraso, imagina Funes. Sim, escrever mensagens para o marido, cheias de pequenos desenhos de corações e carinhas tristes, sobre um possível atraso, garante a onisciência da história em andamento. E Funes se lembra dele olhando para a rua para ver se seu caminhão estava chegando. Não vinha.

A pausa de Victoria durou apenas alguns momentos; o que foi preciso para indicar com um movimento de cabeça para Funes o local onde deixara a mala para poder receber o pagamento do quarto. Consciente de que essas coisas não se fazem, que as regras mandam não aceitar que uma mulher pague, Funes, com um gesto manhoso muito parecido com o que tem agora ao se lembrar, curtiu mais do que gostaria. E se ele não pediu nada para beber, não foi por constrangimento ou por pena, ele não o fez porque foi invadido de repente, vendo que ela estava tirando sua primeira roupa, pela instrução para despir-se rapidamente.

Na verdade, ele prestou pouca atenção a esse monólogo. Em vez disso, ele se distraiu com o cheiro puro do ambiente, com o arranjo perfeito dos espelhos, incluindo um no teto. Ele estava pensando o quão sortudo ele poderia ser considerado naquele momento. Minutos antes de chegar ao encontro, percorreu a pé um trecho da Periférico (da saída do VLT até a praça), notou um número considerável de pequenas cruzes em homenagem às pessoas que morreram inesperadamente. Ele viu outros caras, presos aos bancos de um pequeno parque linear, sentados, entristecidos, como se estivessem presos em uma eternidade, como mortos esperando sua vez de desaparecer. Mas o que chamou sua atenção foi sua recente propensão a ler o nome e a data de cada cenotáfio que encontrava pelo caminho.

Volte para Victoria e relembre como ela elogiou suas conquistas e o longo caminho que, segundo suas afirmações, ela teve que percorrer para alcançar sua realização como mulher. Obrigada, disse ela, por apreciá-lo. "Obrigada, muito obrigada", foi exatamente o que ela disse com verdadeira ternura enquanto arrumava seu *jeans* dobrado sobre a cômoda, caminhando provocante a alguns centímetros de nosso Funes.

Lá, esperando seu ônibus, ele ainda percebe a presença de seu perfume finíssimo.

Você cheira tão bem — ele se lembra de ter dito a ela.

Adorava que ele, "de bom humor", soubesse ouvi-la e lhe desse seu lugar. "Mesmo, você é superfofo", complementa Victoria. Funes tomou seu rosto, moldando em seus lábios o apetite de um beijo que colidiu com a barreira repentina de um pedido de Victoria: "Ei, me peça um Baileys, ok?" Pegou o telefone, ligou para a recepção e, tirando os sapatos, colocando a ponta de um pé no calcanhar do outro, pediu uma garrafa e dois copos. "E muito gelo, mas para ontem", concluiu.

De costas, Victoria estava linda. Ela se olhou com atenção no espelho da penteadeira que refletia o que a queda rápida da blusa e do sutiã havia revelado. Foi um movimento rápido, porém Funes percebeu-o com uma lentidão perturbadora e sensual, como a chama agora, dando uma longa tragada no cigarro, esperando a dissolução da fumaça na noite.

Tinha diante de si a plenitude de sua realização, que incluía silicones, colágeno e lipoescultura; aqueles peitos enormes que tanto custaram a Vladimir, seu marido. Seu nariz pequeno e arrebitado, que a fazia parecer estar sempre cheirando odores imperceptíveis; a protuberância de suas maçãs do rosto, o aumento de suas nádegas, orgulho até de seu médico.

Funes sentiu o encanto de percorrer visualmente sua pele mesmo na parada de caminhões, horas depois. Volta-se. O caminhão chega. Não é a rota que ele espera. Lá no canto, entre um poste e um telefone público, detecta a imagem de uma cruz espetada no chão. Dela pende um emaranhado de flores que, sem dúvida, os parentes do falecido arranjaram para ele. Mais adiante há uma vela acesa.

Victoria parecia se alegrar com sua própria obra: que estria, que banha? E se colocou de perfil, de três quartos, de frente, meio inclinada; tudo em seu lugar, tudo em ordem, ela verificou, silente e abstraída. Funes não ficou parado, avançou em direção a ela, abrindo o pacote, o peito inflado, o olhar feroz, os calcanhares plantados, determinado a se tornar um espelho humano.

Transformava em palavras tudo o que o espelho refletia, falava ao seu ouvido, definia o indefinível, fazia menção a um brilho sutil em seus olhos que evocava toda sua força interior; virtudes relacionadas à grandeza de sua alma; *flashes* de inteligência; expressões de uma personalidade aninhada no humanismo cada vez mais indistinguível na sociedade. Então ele a arrancou do espelho. E foi agraciado por isso, mesmo que tivesse que incorrer no exagero calculado e na mentira urgente.

Sem as luzes do ônibus, literalmente. A confusão dos pedestres se dissipou. Já são poucos, calmos, um certo gesto preocupado, à espreita do próximo caminhão, aquele que os olhares insistentes de todos para a avenida gostariam de ver. Em Funes, um ar de devaneio permeia seu rosto. Ele ainda ouve Victoria dizer “Fala mais”, ansiosa, ousada, em meio a um turbilhão de mãos inquietas se multiplicando para abarcar o fervor em constante eclosão, molhando a força de seu batom vermelho no beijo de Funes. As batidas autoritárias na janela de ferro do quarto e uma voz oca avisando: "Seu pedido, senhor", de repente quebrou a veemência erguida entre as mãos de ambos, deixando-os atordoados, trêmulos, percebendo os efeitos do estupor nos pelos da pele. E com o lábio inferior unido ao outro por uma fina linha de saliva.

— Uma garrafa de Baileys, copos e muito gelo — disse a voz entediada antes mesmo de mencionar "muito gelo", que ele enfatizou sarcasticamente — "são seiscentos pesos, *senhor*, mais o quarto" — a voz concluiu com um tom burlesco.

— Aqui está minha bolsa, pegue algum dinheiro — Victoria sugeriu, dando lentamente a volta na cama para ficar do lado oposto de onde ela estava. Então ela se inclinou para trás suavemente, rindo de um Funes resmungando, envolto em uma aura de indignação, amaldiçoando o custo de vida.

— Vou pegar mais umas moedinhas para dar de gorjeta.

A imagem de Victoria deitada nua na cama, sedutora, travessa, olhando para ele enquanto ele tirava a calça *jeans* com uma lentidão exagerada — mais com a intenção de deixar a camareira que ainda estava esperando seu pagamento o mais desesperada possível — se instala na mente de Funes, cigarro nos lábios, indiferentes aos olhares de pena que os carros lançam a quem ainda espera o ônibus a esta hora da noite.

Victoria havia procurado o lado esquerdo da cama. Seria o seu lado habitual na rotina conjugal? Estava intencionalmente quebrando esse hábito ao procurar o lado oposto? Perguntas como essas que Funes fazia enquanto, com toda a calma do mundo, colocava a calça em cima do *jeans* dela. "São seiscentos pela garrafa, mais trezentos e cinquenta pesos pelo quarto, senhor", a garçonete repetiu com insistência agressiva do lado de fora.

O atraso do ônibus não o preocupa, ele sabe que tem que ser o último do dia. Fuma e exala. Através da fumaça ele percebe novamente a cruz na esquina. São duas. Funes já na cama, decidiu continuar com o inacabado. No meio do beijo, ela gentilmente o empurrou, argumentando que precisava tomar uns tragos. Sem afastar completamente a perplexidade em seu rosto, Funes serviu-lhe o primeiro.

— Ponha mais gelo, *please* — Victoria pediu.

Havia encontrado algo naquele primeiro gole de sua bebida que a fez relaxar a tensão em seu corpo, mantendo-a um tanto pensativa. Funes viu outro discurso interminável chegando. E sim. Ela imediatamente começou a falar fluentemente sobre si mesma, suas conquistas, sua posição, suas virtudes... Funes a deixou falar. Quando também se serviu de bebida, perdeu o fio da conversa, mas seu "mjus" e seu "uh-huh" interferindo na precisão da fala foram suficientes para fingir a atenção necessária. O Baileys estava injetando nela seu efeito eufórico. A fala tornou-se enfática e repetitiva, com claras alusões à falta de reconhecimento por parte do marido.

— Aha, mju, amjá, heey — dizia Funes, percorrendo impacientemente os canais de televisão com o controle remoto.

— Funes — Victoria disse pegando-o pelo rosto. — Eu quero te agradecer.

— Por nada, disse Funes, subitamente desligando a televisão.

— Não, sério, eu quero te agradecer por ser uma pessoa tão legal. Obrigadíssima, cara. Você é o único no mundo que tem confiança em mim, viu? Digo ao Vladimir, escuta, numa boa, desde que nos casamos, seu cafezinho, o mamãozinho de manhã; levanto à noite quando ele chega tarde para fazer a janta; levar a criança para a creche, ao médico, dar comida, colocar na cama, ou seja, tudo, porra! Mesmo quando a empregada não está, varrer, lavar, passar, juro, Funes, é superpesado, cara, para que ele chegue seco, agressivo, porque é um cara zero afetuoso, zero pegada.

Funes continua a ouvir a voz de Victoria bem acima do apito dos pneus dos poucos carros que passam a essas horas.

— Sabe por que faço isso? Às vezes pergunto para Vladimir, para que no dia em que ele morrer, viu? Para que quando morrer você leve uma grande lembrança minha, tá? Mas e eu? Escuta, eu também sinto e tenho minhas pretensões, e quer saber? Eu sou capaz de trabalhar duro.

Ele continua nitidamente ouvindo a voz de Victoria, com seu timbre rouco estudado, com seu tom despreocupado de mulher do mundo, como se estivesse ali falando com ela bem de perto. Mas Victoria certamente estará em casa agora, acredita Funes, servindo o jantar a Vladimir e prestes a trocar a fralda de seu filho como prova de sua capacidade de trabalhar duro. Funes, com as bochechas estufadas, emitindo sons guturais, faz um esforço para abafar o riso preso na garganta.

— Sim, Funes, eu tenho uma carreira e poderia muito bem segui-la, numa boa, tenho muitos projetos, juro, poderia muito bem construir alguma coisa, começar um negócio, sei lá, alguma coisa, alguma coisa no meu nível, algo grande.

E Funes, alheio aos olhares dos poucos transeuntes, espalhando sua placidez, lembra-se da ideia que teve ao ouvir isso: ocorreu-lhe levantar o lençol, de repente, para que Victoria visse por si mesma que já havia conseguido levantar algo grande. Não pode mais. Solta a risada.

As mãos de Victoria, finas, feitas pela manicure, cheias de ímpeto, ignoravam o fervor de Funes em esculpir a forma exata da euforia causada ao falar do marido. Que Vladimir a havia impedido de se realizar; que “a lesma”, como sempre muito limpa e arrumada, ficava à noite recolhendo tudo, lavando pratos e que quando finalmente ia para a cama, Vladimir já estava dormindo. Funes encontrou nisso tudo uma promessa de paixão transbordante, por isso aguentou sem dizer nada.

— Sim, eu não estou dizendo não, ele me dá, como diz a música, seu amor provedor, ele me dá um carro, você vê, carro do ano, posição social, mas... e o fígado? Ei! O fígado fica doente de tanta raiva — disse Victoria.

— Ahã.

Como se estivesse possuída por uma força enorme, Victoria, transformada num feixe de veias inchadas e músculos contraídos, levantou-se da cama, avançou, equilibrando uma leve tontura com os braços abertos, e disse a um Funes espantado:

— Sabe de uma coisa, chega, já chega, eu sou um mulherão da porra. Olhe para mim, Funes! Olhe bem para mim! Você vê? Ei, não é à toa, mas onde eu quiser eu chamo a atenção. Eu paro carros, paro o trânsito; esta manhã um cara entrou no meu carro e me disse, de boa, você é igualzinha a Paulina Rubio. Quero dizer, um cara me disse; eles me elogiam, me convidam para sair, sério, e eu, claro, "a lesma", nunca aceito porque o senhor Vladimir está sempre atrás de mim para isso, quem te chamou, o que você fez, aonde vai, mas você sabe do quê? Já chega.

Funes foi atrás dela. Foi conciso:

— Victoria, agora o único atrás de você sou eu, ele disse a ela, pegando-a pelos ombros, puxando-a para sua ereção.

"O único que está atrás de você sou eu", Funes repete em voz alta, após verificar que seu ônibus não vem. Uma voz de comercial, precisa. "O único que está atrás de você sou eu." Modula ainda mais a voz. E ele continuava dizendo, porque encontra muita graça nisso, e graça naquela noite lhe convém, mas com o canto do olho descobre outro cenotáfio, como dizem aquelas marcas funerárias colocadas nas ruas, bem em frente às outras duas. Então ele segura o riso, tanto quanto pode.

Victoria, segura pelas costas, dócil, descansou a nuca no peito dele, as veias do pescoço brotando quando ela jogou os braços para trás.

— Obrigada, amigo. A verdade é que muitas vezes me senti no limite. No limite de tudo sem a possibilidade de participar de nada. Como muitas pessoas devem se sentir.

— Você é uma grande mulher, Victoria — afirmou Funes comovido —, e o que sinto por você é um enorme reconhecimento do seu valor e um profundo respeito pela sua individualidade. "Mesmo que não seja verdade", Funes concluiu pensando.

O regresso à cama foi fácil, foi um passo impulsionado pelo empurrão do óbvio, um sopro que incitou as predisposições. Houve apenas uma pequena interrupção, muito pequena, e foi quando Victoria decidiu tirar a aliança, ou se lembrou dela. Não demorou muito para voltar para a cama, apenas alguns segundos; ela a colocou dentro de suas calças dobradas em cima da cômoda. Funes abriu espaço para ela na cama. Espaço que ele não abandonou até depois de quatro horas e alguns minutos, depois de aliviar cada uma de suas pendências sexuais.

O discurso longo e tonto de Victoria finalmente acaba. A memória de seu corpo, suas habilidades, seus lugares remotos, o submergem nas profundezas da calma, que ele alcança com arrepios e pernas fracas. E o ônibus não passa. Voltar de ônibus não era o previsto. Os planos eram que Victoria o levasse de volta, ou pelo menos o deixasse nas redondezas de sua casa; mas um evento infeliz o impediu. Funes acende outro cigarro, repara nas cruzes. Talvez sejam dos mortos que apareceram no noticiário, os executados por traficantes. Ou serão daqueles que foram atropelados por um ônibus urbano. Ou a de alguém que morreu por não se deixar ser assaltado, alguém que morreu de infarto, de criança atropelada. Quem sabe?

"Meu anel!"

Esse grito de Victoria, em pleno trânsito do lado de fora do motel, na Periférico, já quase virando na Colón, fez com que a lassidão de Funes se espalhasse no assento ao lado dele, movendo-o para o estéreo em busca de alguma música interessante no USB e foi abruptamente interrompida.

Encostou o Honda CR-V, procurando desesperadamente em cada uma de suas malas, nos dedos, no banco, embaixo, no painel, no chão, e nada. De novo nos dedos, nas malas, no banco, no chão e nada. Funes cantarolou uma música de Luis Miguel, tentando minimizar o problema. Para sua infelicidade, Victoria teve uma ideia: tinha certeza de que o anel havia caído no quarto porque, segundo ela, o havia colocado no bolso da calça e não estava lá; sugeriu a Funes que voltasse para buscá-lo. Era tarde demais para ela. "Deixo você no motel e me vou, você entra, procura e eu te ligo mais tarde. Pode ser?" Assim que foi feito.

Funes faz um esforço para deixar as lembranças para trás, tenta não rir mais, as pessoas olham para ele um tanto desconfortáveis. Tenta manter sua mente em branco. Dá uma olhada para ver se seu ônibus está chegando. Seus olhos recaem novamente nos cenotáfios da rua. Um sentimento brota de sua mente vazia, uma espécie de nada. Ele se conhece, mas como se sua personalidade — quão peculiar pode ser, seus próprios traços, tudo isso — abandonasse-o e em seu lugar houvesse apenas um corpo vazio. No qual caberia qualquer outra personalidade, qualquer outro tipo, como se fosse um molde, um recipiente que é usado e depois usado novamente quando a personalidade por sua vez se esgota. Ou como se de repente fosse uma coisa pequena, uma insignificância que mal consegue marcar presença neste mundo, sem capacidade de decisão; como se o pensamento alheio o fizesse decidir e atuar.

E Funes diz sim com a cabeça. Agir. Tal raciocínio o leva a entender que aquilo que vivenciou recentemente com Victoria, placidez, felicidade, gozo do corpo, ele vê como algo não merecido. Algo que o culpa por ter vivido. Acostumado (como Victoria disse anteriormente) a viver no limite da existência, isso o faz pensar que o desejo de outra pessoa é o que o colocou lá. Que ele (Funes Toledano) não a viveu de fato; que alguém queria tanto viver uma aventura dessas, que teve que criá-la como personagem.

Uma luminosidade ao longe, ele espera que seja seu ônibus. Permaneceu sério após a sensação recente e abrupta. Ele não se atreve mais a rir. Mas querendo que a onisciência assuma o controle da história novamente, ele insiste nas memórias de Funes. Lembrar. Sim.

Funes lembra, diz o narrador extradiegético, uma voz externa que tudo sabe. Embora na realidade seja um autor que atende pelo nome de Blas Uribe e que tem que escrever porque há muito em jogo: prestígio, bolsas de estudo, chamadas para concursos, livros para publicar, mulheres com quem ir para a cama. Então, temendo estar estragando essa história, ele continua.

Mesmo com todo o cansaço, Funes voltou para o motel. Andar pela calçada pavimentada, evitando a barra de alumínio que dá acesso aos carros, parando em frente à janela espelhada para a qual teve que explicar o motivo de seu retorno, não foi nada agradável. Se não fosse a instrução de encontrar o anel, ele não teria notado a frieza do lugar; de como os clientes podem ficar desconfortáveis com seus caprichos amorosos; dos sons de estática dos dispositivos de comunicação; os rostos entediados dos funcionários; a arquitetura monótona dos quartos; o acúmulo de vento gelado pelas vielas, entre os arbustos ornamentais, tudo o que se amontoou chega à corporalidade da sordidez.

A aliança de casamento de Victoria tinha que ser encontrada, aquele objeto finamente esculpido com um diamante. “Puta merda”, Funes continuou dizendo, ele lembra.

— Parece que é um ônibus, espero que seja a minha rota — ele volta de suas memórias. Ele sente que age por sua própria vontade. Saber que é sua rota exatamente como ele desejava faz com que ele sinta que está tirando a decisão de alguma força externa que estava empenhada em outro destino. Como se fosse um personagem de um texto que assumiu vontade própria. Que ele se libertou das amarras que o continham.

Mas o autor, independentemente da onisciência, do extra ou intradiegético, ou seja, eu, faço um esforço para recuperar e continuar com a memória, como forma de moldar o clímax e o desfecho daquilo que tinha a intenção inicial de converter em um conto. A personagem suspira, percebendo dois pontos: a proximidade do suposto ônibus e os cenotáfios posicionados na mesma direção.

Foi preciso muito pouco — acusá-las de ladras — para que, em questão de segundos, Funes se visse cercado por um grupo de camareiras vociferantes e histéricas, reivindicando enfaticamente. Sentia-se ridículo no meio de tantas garotas gordas de aventais cor-de-rosa que raramente ultrapassavam um e cinquenta de altura. Seus rostos denotavam um brilho suado por trás dos quilos de maquiagem e da atitude de quem está prestes a ser violento, mais pela necessidade de se vingar de um eterno inimigo do que por ofensa.

Como o quarto parecia solitário sem eles; que aspecto sombrio as luzes faziam sobre a cama. "Se não querem me dar meu anel, então fiquem com ele." Não aguentava mais. Precisava fugir. Que fosse para o inferno o anel e seus simbolismos. Ele se virou e deixou para trás o barulho de vozes estridentes, ignorando o que estavam dizendo. Que se dane, nem mesmo era seu o anel.

De repente, avançando alguns metros, ouviu uma voz que se elevava acima dos gritos incompreensíveis, reconheceu, pelo tom meio sarcástico, que era a mulher que lhe trouxera a garrafa horas antes.

— Ei, você — disse a mulher — ei, seu galanzinho de merda. Volta aqui.

Funes virou-se, era uma mulher de quadris largos, pernas grossas em posição de combate, abertas em A, magra demais da cintura para cima; cada metade de seu corpo parecia não pertencer à outra. Ela havia se separado — um ou dois passos à frente — do grupo de outras camareiras. Mãos na cintura, pescoço meio inclinado, balançando de frente para trás. A serenidade que de repente tomou conta de seu rosto o obrigou a entender que o que quer que ela dissesse, fosse o que fosse, seria uma única e grande verdade. Funes, com um aceno firme de cabeça, ordenou que ela falasse.

— Uma coisa eu vou te dizer, com o seu perdão — ela disse imprimindo uma certa cadência em seus quadris —, se você perdeu a porra do seu anel, não é conosco que você deve procurar, procure com a putinha com quem você entrou... Porque ela tinha uma puta cara de ladra, que não dava pra esconder! — o efeito da entonação cantante provocou risos nas outras mulheres.

Funes, na parada de ônibus, mal contém o riso. E aí ele percebe que está sozinho, aqueles que estavam esperando um ônibus foram embora, talvez de Uber. Passava das onze da noite e aquilo fica solitário. Desde que chegou à parada de ônibus, com as palavras da camareira em mente, ele não parou de rir e finalmente a vontade passa. E já tranquilo, percebe que é a rota do ônibus que estava esperando, joga o cigarro para tirar a passagem da calça, várias moedas estão espalhadas na palma da mão, que ele conta com o dedo indicador da outra mão. É auxiliado pelos faróis do ônibus que anunciam sua aproximação com um frenético guincho dos freios.

Quando ele olha para cima, seus olhos apontam para os cenotáfios. Há gente lá. Em cada um deles há uma pessoa. De pé, ficam na beira das calçadas. Apontam para a frente seus rostos borrados pelas sombras, ainda assim, percebe-se certo gesto de imprecisão, como se lhes fosse difícil especificar o que têm em vista. Funes avança um pouco na direção deles, porque são quatro, um por cenotáfio. Embora mais adiante haja muitos outros. Ele caminha em direção ao mais próximo, um jovem. Magro e alto. Cabelo comprido que esvoaça abaixo do nariz, ocasionalmente permitindo espiar de um de seus olhos. Ele vai em direção a ele, hesitante, como se estivesse arrependido. Um vento sopra pela rua, arrastando papéis.

Aproxime-se. Aproxime-se. Vamos.

Ele vira para os lados, pensa ouvir alguém o encorajando a se aproximar. O ônibus dá partida e o deixa. Compreende que as instruções que ouve têm mais a ver com sua vida do que com sua própria vontade. Ele caminha em direção ao homem de cabelos compridos, escurecido pelas sombras da rua, imóvel, um passo à frente do cenotáfio em cuja base há uma vela acesa, algumas flores de plástico desbotadas, um prato com nome e data.

— Quem é você, o que está fazendo aqui? — ele pergunta com a voz trêmula.

Blas Uribe. 1975-2017. Um anjo partiu daqui... que seu caminho leve aos aposentos do Senhor. Eu sou o autor.

E assim a onisciência dessa história passa para uma primeira pessoa, ou narrador testemunha, um pouco desnorteado.

Faço o que deveria estar fazendo se não tivesse me queimado em meu apartamento, neste prédio atrás de mim. Embora eu também faça o que os outros fazem. E aponto minha mão para os outros seres que estão posicionados neste momento acima de seu próprio cenotáfio. Ficamos à margem da vida para observar o trânsito das pessoas, dos personagens que caminham daqui para lá, seguindo os ditados das narrativas que foram instituídas para eles. Funes, a essa altura já muito surpreso — bem, na verdade meu *alter ego*, que me serviu literariamente para me definir como participante de minhas próprias histórias, minha justificativa para escrever o que gostaria de viver, meu desejo de me eternizar — escuta muito interessado.

Ele coça a nuca tentando acomodar as ideias que de repente perturbam seus pensamentos. Ele não acredita. Ele sabe que é o dono de sua própria vida e não acredita que seja uma criação de outra pessoa. Sabe-se possuidor de uma vida contínua com passado e presente, memórias próprias, anedotas, planos para o futuro, uma materialidade traduzida em papéis, roupas, algumas moedas que carrega na mão e que preparou para pagar a passagem do ônibus que já partiu.

E entre as moedas, resplandecendo um brilho quase indistinguível naquela noite semiescura, quase incrustado nas linhas suadas de sua mão está o anel de Victoria, que erroneamente o colocou nas calças de Funes, pensando que era a dela.

Assim termina esta história, digo-lhe. Eu, Blas, conto a Funes.

— É mesmo? E que mais? — Funes pergunta meio aborrecido.

Você tem que entender: eles colocam cenotáfios para aqueles de nós que morrem na rua inesperadamente, em acidentes, assassinatos etc., para que nossas almas não fiquem penando. Mas a realidade é que somos deixados aqui, no local de nossas mortes, para ver nossas memórias ganharem vida, repetidamente, repetidamente, como ler um texto muitas vezes revisado.

Vemos vocês, os vivos, como personagens de uma diegese que gostaríamos de diversificar, tornar cada vez mais interessante. Mas apenas para verificar diariamente que é uma constante, uma repetição, a mesma ação escrita por vontades estranhas. Olhe para nós, Funes, vemos isso desde a margem de tudo.

Ao longo da rua podem-se distinguir silhuetas de pessoas detidas nas sombras. Eles olham para frente, seus cabelos esvoaçando. Uma senhora com um véu na cabeça atravessa a próxima avenida várias vezes. A mesma em que ela foi atropelada. Funes retorna seu olhar e encontra os olhos tristes de Blas novamente. Os meus. Talvez não triste, mas curioso, concentrado, procurando dar sentido a este texto e concluí-lo de uma vez por todas.

Acho que não me importei de ter perdido a o ônibus daquela vez. Talvez algum taxista teria aceitado o anel como pagamento. Ou talvez, por que não, eu poderia ter voltado para meu apartamento; afinal, aquela foi uma noite muito agradável.

— Como esta, afirma Funes, ainda mostrando o traço de um sorriso. Brincando com o anel de Victoria. Calculando se será andando, ou dando o anel para um taxista, que ele vai desaparecer naquela noite tão bonita.

Rebelião no Oxxo

Eu já vinha notando isso há muito tempo. E apesar de seu corpo se decompor aos poucos, como a iluminação da praça que acende quando quer e com quilowatts de merda, junto com a fonte de poças grossas, marrons e infectadas, ao lado da pedreira do templo de São Francisco, porosa, mofada, ruidosa, Pedro, desabotoando a camisa surrada na altura do peito, eu já vinha notando isso há algumas horas. Um pouco surpreso, ele toma um gole de sua garrafinha de cachaça.

Embora seu corpo seja um lençol enrugado em que espinhas e queimação constante configuram a deterioração, sempre ignorado como se nada estivesse acontecendo, desta vez algo capturado em seu peito chama totalmente sua atenção. Com olhares recorrentes, Pedro percebe o crescimento de algumas manchas douradas de bom tamanho.

Abotoa a camisa. Desabotoa. Abotoa novamente. Não é mais necessário corroborar, as manchas douradas já estão andando em seus braços. Ele percebe isso. O evento, esse fato em si, chama poderosamente sua atenção. Mas isso não significa que ele ignore certas situações que ocorrem no momento, ali perto dele. Uma mulher cinquentona, com um rabo escamoso que deixa vestígios de seu rastro no asfalto empoeirado da Avenida 16 de Setembro, engasga com uma garrafa de lubrificante. Dois ônibus na Prisciliano Sánchez, acomodados um ao lado do outro, rosnam um para o outro, raspam o chão com as garras, exibem suas fileiras babadas de dentes quebrados e afiados, seus olhares reptilianos espreitam; um deles bufa sons metálicos, o outro bufa de raiva voraz; ágeis eles continuam sua marcha. Um homem em frente ao portão escuro do templo interrompe suas orações escandalosas, exalando um ruído semelhante à descompressão do ar, talvez um motor interno que acabou de falhar, talvez uma engrenagem emperrada. Pedro não presta muita atenção em nada. Suas mãos já são douradas. Ele está assustado.

Ele se assusta, mas também fica intrigado em saber se seu rosto já foi invadido por essa mancha dourada. Não será fácil descobrir, àquela hora, na pracinha de São Francisco, há muitos conhecidos seus que poderiam informá-lo. Ele tira os olhos do brilho dourado em suas mãos e procura através do panorama cinza da noite ali espalhada.

Procura. Acima dos galhos das árvores cheias de baratas que caem nos ombros de quem espera o ônibus; esquivam-se das nádegas postadas nas jardineiras para invadir um prato de plástico com restos de milho com creme; elas abrem suas asas como pequenas aristocratas se contorcendo para fora da mão suja de alguém implorando por ajuda. A lua amarelada do sorriso de um pedófilo gera as gotas necessárias ao redor da praça para manter sua atmosfera de miséria. Ratos enfiam a cabeça para fora dos buracos nos jardins carecas. Pedro continua sua busca.

Por aqui, uma senhora, feita de algum tipo de material expansível, inflamada, transbordando pelas fendas da roupa de tamanhos muito ultrapassados, uiva; uma fosforescência ilumina o rastro de urina que a segue. Mais adiante, resplandecente diante do cinza da pracinha, logo que se cruza a Prisciliano, assenta-se, entre o brilho intenso, soberano, absoluto, como um deus exibindo sua capacidade de decidir tragédias e fortunas, a presença imaculada de um grande Oxxo montado em vidros impecáveis e coloridos que convidam ao consumo. Pedro bebe de sua garrafinha, de certo comprada por alguém que lhe fez o favor de entrar naquela loja de conveniência. Algo começa a preocupá-lo.

— Alguém me diga se eu já tenho uma cara dourada — ele implora. É urgente saber. Se sim, você sabe, terá que ser receptivo aos sinais emitidos por uma nova realidade. E, claro, assuma a responsabilidade pelos ditados. Acate-os. E execute-os sem hesitação para não sofrer os flagelos correspondentes à desobediência. Essa nova realidade se apresenta assim: abre espaço na realidade geral, e abre espaço para que se tenha a oportunidade de espiar (isto é, uma espiada momentânea) o que não poderia ser na vida; dizer o que não foi dito, conhecer seus efeitos ou o que teria acontecido.

O sim que não foi dito é indicado ao invés do não que foi mencionado. Os efeitos desse gesto não formulado etc. Pedro, coçando os fios enferrujados da barba, reconhece a cor dourada como a principal indicadora de que está entrando em tal estado. Porque só com essa cor é possível receber os ditames da nova realidade. Mas ele também sabe que precisa ser muito, muito cuidadoso. Tem uma ideia. Ele vai se esconder atrás dos bancos da pracinha.

Ele sabe que o ouro encarnado no corpo acaba incomodando quem olha, sabe disso. Aconteceu com ele muitas vezes ao longo de sua vida e sempre teve que saber como se esconder. Ele se lembra que, em certa ocasião, vendo que aquela cor se tornava mais do que evidente, foi obrigado a confessar publicamente, no mesmo dia em que foi impossível para ele voltar ao trabalho, aquele dia em que nenhum de seus poucos conhecidos poderia vê-lo como alguém normal.

— Mas tenho que verificar se estou completamente coberto pelo dourado.

Você não precisa ignorá-lo, não deve ignorá-lo, fingir que nada acontece; os documentos da nova realidade são irrevogáveis. Documentos que estão sujeitos a relatórios sobre uma tarefa específica a ser executada.

— Não há outra forma, tenho que descobrir se tenho a corzinha ou não.

Pedro, deitado de bruços no chão, atrás de um banco, como um soldado no meio de sua batalha, vigiando continuamente com olhares furtivos por entre a ferragem, prepara-se para sair. Tem de investigar. E para isso, ele coloca um prato de papelão, um maço de cigarros e uma casca de banana seca em seus cabelos longos e desgrenhados, tudo amarrado por uma varinha de algum matagal, como uma antena receptora no caso de uma ordem emitida pela matriz geradora ter que ser atendida. Pula o banco.

— Vamos ver o que acontece, aqui vou eu.

A primeira coisa a se notar é a mesma coisa que notou cada vez que isso aconteceu: montes de máquinas humanas programadas, pessoas que naquele momento esperam seus ônibus, pessoas que naquele momento estão andando pela praça de São Francisco, em frente à outra praça do templo de Aranzazú, vendedores de porcaria e meia, e todos riem assim que o veem sair do esconderijo. Às vezes, carregar uma cor tão peculiar no corpo causa essas reações. Já viu isso antes e viu desde o primeiro momento em que aconteceu. Passam-lhe pela mente imagens de antigos amigos e parentes seus que não sabiam entendê-lo na época, que não souberam lidar com a situação e só caíram na gargalhada.

Mas talvez o riso possa estar confirmando a presença de sua cor; mesmo assim, ele precisa ter certeza disso. Gostaria de perguntar a qualquer máquina programada, mas os decretos dos desprogramados, como ele, não permitem a abordagem. Não se pode. As aproximações entre uns e outros só são autorizadas em casos extremos de pedido de cigarro, moedas para a garrafa, *tacos*. E só. Uma ideia lhe ocorre.

— Tenho uma ideia.

Ele descobre em um dos bancos um casal de programados executando penosos processos de controle emocional; graças à sua súbita percepção gerada pela recepção de novos relatos que vem recebendo, ele pode ver seus corações de abutre devorando elásticos e pedaços de metal, cada um do corpo do outro. Pedro se aproxima furtivamente deles. Ele imediatamente reconhece a máquina feminina, é sua filha. Embora ela não o reconheça ou saiba disso. Pedro entende, ele não troca de roupa há quase um ano. Também está há muito tempo sem tomar banho.

Sua filha agora está muito diferente de como era antes, quando morava com eles, com aquela entidade cumulativa de artefatos danificados chamada família. Sua filha agora é alta, com cabelos negros e um rosto doce, mais jovem.

Sua programação eficiente faz com que carregue um bom número de livros empilhados nas pernas. Pedro não sabe o que pensar, se se orgulha ou se lamenta. Ela está alta e muito sorridente. Sim, ou seja, ela está mais esbelta do que antes, que era mais do que tudo robusta. Mas Pedro cuida de seus negócios. Ele fica na frente do casal, desabotoa as calças até chegarem aos tornozelos. Ele não está usando roupa de baixo. O casal com gestos de repúdio e desgosto levanta-se do banco e vai embora.

— Claro, minha cor dourada deve tê-los incomodado — confirma Pedro.

Não são poucos os que lhe gritam certos palavrões que aludem ao que consideram uma absoluta impudência. Ele ouve palavras como "porco", "imundo", "impuro" e parece lógico para ele que o considerem assim. Eles não têm uma linguagem para ajudar a interpretar os códigos secretos da nova realidade. Ele levanta as calças e as prende amarrando um cordão na cintura. Ele sai em uma caminhada em busca de mais máquinas desprogramadas como ele, que estão sempre lá em boa quantidade, para que possam confirmar, com segurança, sua possível nova condição. Avança devagar e vacilante, o ritmo imposto pelo seu controle de comando concentrado em sua garrafinha de licor, nada mais diferente do ritmo dos outros, rápido, urgente para chegar a qualquer parte, preencher espaços, saturar tudo e depois sair em busca de outro espaço para saturar.

"Lá estão eles", ele diz. E novamente uma vivência do que poderia ter sido de sua vida. Com certeza usaria a cor dourada querendo avisar alguma coisa. Há um zumbido em seus ouvidos e uma imagem em seu cérebro: uma placa com seu nome, cor dourada.

Lá estão eles. Tomados pela vertigem, um conjunto de oito ou nove que estão em uma única mancha acinzentada, embolados no deslocamento, consagrados em incoerência verbal, presos no meio de uma explosão de vômito e em plena queimação gastrintestinal, ali estão eles, configurados por insônias e pesadelos sem fim, seus companheiros na praça, máquinas desprogramadas.

Ana o vê chegando. Ana troncha, boba. Eternamente pensando em um marido, um pai para seus filhos mimados que largou em algum lugar do mundo, com os avós, no hospício, no lixão do mercado, quem sabe. Ela vai ao encontro de Pedro. O acinzentado se espalha, as oito ou nove máquinas, essa mancha acinzentada, com Ana em uma de suas bordas, treme, se contrai. E Pedro então o questiona sobre a cor de seu rosto.

Ana quer responder, mas não consegue. Ela emite seus gestos descontrolados costumeiros. Pedro leva em conta a resposta e pergunta a qualquer outro, Neto, Wilotas, Patón. E responde ao estalo de um tornozelo, à persistência de uma coceira na virilha, mandíbulas travadas, baba grossa, frases comidas pela irrupção da queixa, xinga a mãe, sílabas se perdendo no voo espiralado de fumaça, naquele momento, daquele grupo, dos cinco cigarros acesos.

E Pedro, já envolto na mancha cinzenta que se move de um lado para o outro da praça, sente o aumento da receptividade de sua antena e decodifica as primeiras mensagens: uma cor dourada vem até ele, ele confirma que pousa sobre seu rosto, mas ele também detecta uma atitude de desgosto no grupo de oito ou nove máquinas desprogramadas. Ele sabe que ali encontrará as mensagens que inevitavelmente terão de ser endereçadas a ele de lugares distantes, estabelecidas em realidades alternativas. Ele se concentra nas frequências de sua antena que agora trazem uma boa recepção. Ele se inclina para outra dose de licor. Combina bem com sua barriga, ele sente a bebida entrar; deitado no colo de sua mãe, ela o acaricia, balança seus cabelos, sorri para ele, uma luz muito forte entra de alguma janela, ela sorri, sorri, Pedro arrota, e a imagem desaparece. A raiva do grupo é causada pelo atropelamento de um amigo na madrugada. De um deles. Bem ali em Prisciliano Sánchez. As câmeras de uma emissora de televisão chegaram para registrar as histórias da noite. Capturaram um lençol branco cujos limites foram ultrapassados por uma mão inerte, um gancho preso na calçada. Todos uivaram em algum jardim. Alguém mais deseja um prego cravado na palma de sua mão. Os olhos de um Cristo piedoso caindo na inconsciência.

Um indigente morto. Disse o repórter com os braços cruzados e uma capa de chuva amarela que quase tocava nos litros de óleo que escorriam do falecido.

Enquanto Pedro percebe um de seus colegas curvando-se alguns graus, repentinamente agachado no meio de uma fumaça que anuncia a decomposição de algo por dentro, ele registra em seus arquivos a iluminação febril e crepitante do Oxxo, o lugar para onde seu companheiro estava indo quando foi atropelado por um automóvel bêbado na madrugada avermelhada. O progresso da desprogramação é evidente. Há cada vez mais máquinas que de repente soltam os parafusos e explodem evaporações negras, se desprogramam. E eles vão até o Oxxo pegar algo para beber e suportar.

E aí se destaca o Oxxo, o enorme Oxxo, o luminoso, o insinuante e querido, policromático, encanto de criatura, vermelhos e amarelos configurados no esplendor prometido. Um reino jogado em solo sagrado. Afastado do deserto degradado onde o virulento se arrasta, onde a razão sucumbe, a devassidão escapa, esse inferno cuspido no meio de São Francisco e Aranzazú. Reino de baratas e garrafas de plástico esmagadas. Paisagem escura de olhos lacrimejantes e safras insanas. Tão escuro quanto os olhos de seu pai. Um negro, não preto, moreno, uma sombra que atacava todo mundo, ele, outras crianças. Para comê-las e lambê-las. Mas bem vestido como o homem mais distinto, o melhor e mais arrumado daquele bairro onde morava.

Como os do Oxxo em seus uniformes bicolores. Sorridentes e penteados, despedindo-se de clientes que pedem recargas para suas vidas, conectando-se ao mundo que está constantemente desaparecendo e você tem que recuperá-lo no inferno antes que seja tarde demais. Pedro solta fumaça por seus ouvidos. Tudo o que acontece em sua cabeça termina na mesma imagem, seu nome em letras douradas. Ele sacode sua cabeça e remove a antena emaranhada em seu cabelo. Sintoniza novamente a imagem apoteótica do Oxxo, cujas sombras o emolduram como se fossem uma pintura com grupos de figuras demoníacas à espreita.

A proibição de entrar o incomoda. Se eles querem algo, têm que pedir lá de fora ou pedir a alguém que faça o favor de comprá-lo. Como almas excluídas desses céus; ele viu corpos se desenrolando em seus arredores, dilapidados, braços estendidos no ar. Ele permite que os outros saibam e que os outros entendam, grunhindo, agitando-se, dando chutes ocasionais. Entende que a cor dourada avisa que algo grande está para acontecer. Prepara um ataque ao Oxxo.

— Vamos, vários já morreram tentando chegar lá, já vi — incita.

E lá vão eles. Cruzam a Prisciliano Sánchez provocando risos em quem os vê passar. Trapos, imitações, texturas gastas e apertadas, um desfile louco de rancores e mancadas. Trepando e ziguezagueando, perdendo o equilíbrio, atropelando-se. Eles avançam. Fazendo sozinhos, sem a muleta das instituições.

Pedro tem certeza da cor dourada derramada nele; os ditames devem agora ser atendidos, e ele assume que primeiro tem de se apoderar do Oxxo. Por isso não diz nada quando um deles dá um chute brutal no peito do funcionário que queria impedi-lo de entrar. Ao vê-lo esparramado diante de uma bagunça de latas de sopa e garrafas de óleo, Pedro levanta seu braço, cor de ouro, cheio de um poder energético.

Logo ouve a frase de Wilotas, um homem alto e corcunda, barba ocre de tantos cigarros e cheia de gosma seca; desdentado, que fuma maconha pelo nariz e depois interpela as pessoas que fazem suas compras no centro da cidade: Por que você roubou minha mochila, seu filho da puta?

Sua frase, arrebatada, palavras de pedra que quebram em mil pedaços os gritos de clientes e funcionários; gorgolejos de espessura liquefeita, estranheza de sílabas impossíveis, diz:

— Aos vinhos, seus putos; às cervejas; aos cigarros.

Pedro entende que tais palavras devem ser ditas nesta nova realidade. Palavras presas finalmente se manifestando, é o objeto da nova realidade. Frases que nunca seriam ditas, que nunca foram ditas, essa é a nova realidade.

Ele gosta, falam sem vacilar, sem aquele cinza que os esconde e os torna inaudíveis para todo mundo. O que deveria ter sido. Sente vontade de desligar o interruptor de luz. A grande Oxxo fica no escuro, todos explodem de alegria.

A iluminação pública, por trás do vidro, permite uma certa quantidade de luz no interior. Pedro pega um terço dos vinhos e enfia na jaqueta. A emoção em seu rosto se transforma em perplexidade. Ninguém está lá com ele. Ele os procura. Ana tira de um aparador alguns potes de maquilagem com os quais começou a espanar o rosto sem o menor cuidado e a se pintar com batons que deixam seus lábios duas vezes mais grossos. Wilotas caga em um canto, uma sujeira preta que se acumula sob o estande de cereais. Ana sorri, vaidosa, sabe que é linda, chuta a primeira pessoa ao seu alcance, o gerente do Oxxo, que cai derrotado e escorrega em uma poça de leite, em meio a um tiroteio entre ana marias e chokitos.

Neto se vê vitorioso e triunfante com o charuto recém-aceso em sua paralisia facial, embutido em sua barba grisalha suja. Ele ignora a insistência de Pedro sobre o lugar dos vinhos. Em vez disso, ele se concentra em suas sensações. Agora ele entende os ricos quando acendem seus charutos e mandam os fodidos à puta que os pariu. Eles fazem assim, um gesto com as mãos, com o rosto virado, e os malditos trabalhadores ficam quatro dias sem um trago, até que seus malditos filhinhos enlouquecem e começam a comer jornal. E Neto repete e repete, com as mãos, com o charuto, com o rosto, cuspindo, até pressionar o charuto aceso no rosto angustiado do caixa. Ele pega um punhado de notas e as guarda enroladas em sua camisa, manchada com Deus sabe que substância que estava em sua mão.

— Aqui estão os vinhos, venham, deixem disso, parem de fazer isso — insiste Pedro.

E Patón também o ignora. E Tragacornetas, Mari Bunduda, dom Teto, eles o ignoram. Tragacornetas é de Puebla, moreno e atarracado, e se veste com minissaias rasgadas. Um militar prometeu morar com ele montando uma casa em San Juan de Ocotán, mas, depois de um tempo, o cara enlouqueceu por causa de tanto tíner e Tragacornetas teve que se vestir de mulher para se prostituir até que acabou se tornando o miserável que é agora: um viciado em drogas deformado com pernas grossas e inchadas de substâncias leitosas.

Mas ali, dentro do Oxxo, montado nos saltos e nas bolsas de mão que carrega com pretensa distinção, despreza a todos com palavrões, tirando o pênis pra fora pra mijar em toda a seção de biscoitos e pães, incluindo uma cliente.

— Fodam-se suas mães, seus mestiços imundos de merda, deveriam matar todas as pessoas comuns que entrarem nesta porra de loja — grita.

Pedro fica atordoado, chateado, paralisado. Novamente um clarão de cor dourada, uma descarga de imagem repentina. Cor dourada. Seu nome. Uma data. É assim que vê. Compreende que é sinal da nova realidade que a atitude de seus companheiros não lhe permite esclarecer. Não entende como é que aqueles dois idiotas, que costumam jogar espuma esverdeada, que de tanto mendigar moedas solidificaram gestos de pedido e rogo, agora estão retorcidos em uma luta feroz entre si para conseguir o melhor lugar na frente do funcionário que mantém Wilotas preso entre uma geladeira e o aparador de frutas. Sentado no chão, com as pernas dobradas, escuta todas as infâmias daquelas bocas fedorentas que a ameaçam com frases obscenas. Não entende dom Teto, esfregando o pênis enquanto assiste à cena, gritando eufórico para que lhe tirem a roupa. Pedro fica desapontado.

Vê na rebelião do Oxxo o mesmo que viu em todos os lugares. Se entristece. Todas as boas causas ordenadas por decretos acabam se estragando. Sim. Toda vez que ele viu a cor dourada em si mesmo, ou seja, toda vez que teve a oportunidade de seguir as diretrizes de uma nova realidade, de conseguir uma mudança positiva na vida, ele se frustrou, a missão foi destruída. E o que não foi, o que deveria ter sido, vai para o inferno. E a vida continua sendo o que é.

— Mas hoje não, puta merda, hoje não será igual — garante ele com entusiasmo.

Outras vezes, a cor dourada se apaga imediatamente, ficando apenas seu reflexo. Hoje, não. A cor persiste. Hoje não se apagou como das outras vezes, o que o deixa no meio de uma grande confusão. Hoje, não. Terá que seguir buscando. E com isso em mente, ele sai do Oxxo e deixa para trás aquele tumulto como se estivesse em uma velocidade menor. Muito lento e silencioso. O voo de produtos de um lado para o outro; o estouro de uma garrafa na parede; o fluxo do líquido. Tudo lento, sem som. Os gestos das testemunhas do lado de fora, as caretas das bocas gritando algo inaudível. As luzes de uma viatura da polícia se aproximando do local. Em câmera lenta.

Absolutamente ninguém percebe sua presença, nada o detém. Tudo permite que avance como se não quisesse interromper seu destino. Assim, pula a calçada e cruza a Prisciliano Sánchez. A antena presa em sua cabeleira percebe algo; a recepção do sinal é prejudicada. Abre bem os olhos. A cara da lua faz gestos de desagrado naquela parte da cidade. O povo barrigudo e encolhido faz longas filas para subir nos ônibus, que bufam como bestas enlouquecidas. Batem-se e mostram todo o ódio que causam uns aos outros. Peles queimadas. Dentes tortos e amarelos. Marcas de desnutrição. Vozes que gritam bobagens. O mesmo de sempre. A desprogramação obstinada, convertendo-os em baratas.

Pedro segue tentando captar o sinal. Os templos de São Francisco e Aranzazú destacam-se como massas negras naquele lugar de nuvens cinzentas e árvores caducas emaranhadas. As baratas não param de voar, os ratos procuram crostas de pão que não encontram porque os filhos dos vendedores de batatas já as comeram. Pedro acha que vê algo mais concreto, para ver se a recepção melhora. E ele faz isso no meio da rua, bem quando o motorista de um Audi R8 — uma besta escoiceando para se libertar — se distrai com o caos que brilha pelas janelas do Oxxo.

Um rugido, presas afundando em matéria mole, triturações de ossos, mastigação áspera, águas espalhadas e salpicadas. E tudo bloqueado em um segundo. Em que o sinal emitido da nova realidade foi capturado. A que deixa Pedro preso no meio da Prisciliano Sánchez.

E assim, com os estertores tomando seu corpo, Pedro meio que levanta a cabeça. E pensa que talvez isso não esteja acontecendo.

Que talvez ele esteja naquele momento no Oxxo, comprando uma garrafinha de realidade para beber em algum banco da praça. Dando grandes tragadas e concentrando-se nos novos sinais que em algum momento o levarão à nova realidade, a uma nova vida, ao que poderia ter sido, ao que deveria ter sido, do qual ele viu apenas vislumbres ao longo de sua vida. É o que ele pensa deitado ali no meio da rua, com a pilha de rostos acima dele olhando-o com pena e nojo.

O sinal enfraquece, ele sente, mas consegue projetar uma imagem de ana marias e chokitos trêmula e desfocada — vinda da nova realidade. Aprecia-se convertido numa leveza total, um pensamento de alguém, algo que se integra numa cruz de mármore que uma mulher, alguém mais parecida com o que era sua filha, coloca como cenotáfio numa parte do jardim adjacente. A imagem se desvanece, ele só consegue ver a realidade mais próxima, uma poça de sangue drenada debaixo dele, que, devido à luz do Oxxo, uma vez reacendida, assume uma intensa coloração dourada.

Uma frase de B. B. King no Periférico

De manhã cedinho, uma quarta-feira bem na metade do mês, a caminho do trabalho depois de descer do VLT, orgulho de muitas prefeituras, cujo percurso divide em duas a circularidade que contorna a cidade, cheguei a descobrir sobre a perda repentina do meu braço direito.

Eu não me dei conta até muito depois de ter descido. Eu o estava vendo durante a viagem. Ali estava, parecia observá-lo, como se suspeitasse do que estava para acontecer. Eu o vi segurando o tubo ao lado de tantos outros braços que se agarravam com mãos firmes de veias inchadas. Eram muitos braços e entre eles o meu, roçando-se com outros, muitas vezes confundidos, a ponto de ser necessário enviar um sinal do cérebro para mover um dedo e verificar se o que foi visto era o meu próprio. Todo vagão do trem estava lotado, indivíduos empurrando uns aos outros para encontrar um lugarzinho. Era a hora em que todos voávamos para os empregos.

O trem abriu suas portas na estação final (Periférico Sul), e as centenas de usuários desceram automaticamente. Nossa partida, algo de todos os dias, foi obstruída pela massa de pessoas que esperavam para embarcar no seu retorno; porque também serve como primeira estação, começo e fim, pode-se dizer. Acomodei-me na longa fila de quem estava prestes a sair para a Periférico e, uma vez lá, embarcar no próximo ônibus ou micro-ônibus que completaria o trajeto habitual. A fila tinha o mesmo comprimento que o trem, com espessura de três indivíduos caminhando ombro a ombro.

Avançava lentamente. A aglomeração de pessoas que entravam e saíam não dava espaço nem forma de acelerar a saída. As pessoas se submetiam ao ritmo da massa em movimento como lagartas obesas.

Meu braço esquerdo roçava, ou impactava, em braços de quem compunha a fila de embarque: com largura de três indivíduos, ombro a ombro, também em passo lento, procurando entrar no mesmo comboio, agora no sentido contrário, para a Periférico Norte. Meu braço direito, quero pensar, naquele momento teria que carregar minha mochila, na qual sempre carrego meus materiais de trabalho, um almoço e algumas frutas para o café da manhã. Mas eu não estou muito ciente disso. Talvez na minha pressa de me livrar do aperto rapidamente, eu tenha esquecido, mas, na realidade, não me lembro.

De repente, a própria distribuição da estação faz com que a fila de quem sai se desprenda da fila de quem entra. A ordem é quebrada, e a sincronização lenta do avanço é interrompida. O desfile de cabeças curvadas se desfaz, balançando para um lado em letargia, curvados, como se estivessem presos no meio da escala evolutiva. Como se fosse um ato de fuga, saímos da fila e ganhamos velocidade para sair em direção à luz que caía pesadamente sobre o piso, entre a agitação das partículas grossas de poeira e os toldos de carros particulares oferecendo transporte a intervalos curtos.

Caminhei em ritmo regular em direção à ponte (a poucos metros da estação de trem) que atravessa a Periférico. Até então, eu ainda não havia notado a perda do meu braço direito. Subi as escadas (embora haja rampa para pessoas com deficiência), surpreendido pelas condições da paisagem. O sol acaba de nascer e as cores do céu se misturam aos milhões de partículas de gases que brotam na área mais poluída da cidade. Os tons são esquisitices dignas de filmes de fantasia: roxos putrefatos, cinzas lúgubres, pratas sombrios, vermelhos intensos. Ao longe as colinas — recorde-se que se está nos limites da cidade — ou nos supostos limites, porque a expansão urbana continua daí para milhares de direções, as colinas, repito, como fantasmas diminuídos prestes a desaparecer na indiferença.

Desde os primeiros passos se começa a detectar os restos da noite recém-falecida: bitucas com batom, caixas de bebidas sem lactose, seringas com respingos de lama, máscaras úmidas, um sutiã surrado. Objetos lançados como finais de histórias que são notadas sem serem totalmente compreendidas. Histórias que deixam na mente inquietudes e intrigas pelo resto do dia. A ponte é de proporções demasiado largas, não só pela extensão que percorre as seis ou oito pistas da referida artéria, mas por caprichos arquitetônicos que construíram vários ângulos e quebras cuja funcionalidade ainda não foi descoberta. É preciso dar várias voltas na longa jornada até a margem oposta. De um desses ângulos, pode-se vislumbrar a parte central da ponte. É um local estratégico para publicidade e foi preenchido por uma série de *outdoors*. Um deles anuncia uma universidade particular, é uma frase de B. B. King e sua fotografia tocando violão: "O maravilhoso de aprender alguma coisa é que ninguém pode tirar isso de nós."

Os motores roncam, a fumaça desenha no ar as mesmas inconsistências que um guitarrista negro em pleno êxtase representa. O longo trecho da ponte que cruza a extensão da Periférico é coberto por uma malha cuja finalidade é evitar suicídios. A simples presença da cerca mostra o quão forte a tentação pode ser. De lá você pode ver as maquiladoras, fábricas, oficinas, lojas em todo o seu esplendor, engolindo as filas de pessoas que descem dos micro-ônibus. Os mesmos que dali podem ser vistos uns em cima dos outros, atormentados, ansiosos para sair depois de embarcarem o maior número possível de pessoas, entre buzinas, arranques, gritos dos cobradores anunciando as rotas: Tlajomulco, Santa Fé, Los Olivos, Cántaros, Chula Vista, com voz de briga, arrastão de gangue, olhos ardentes da noite insone, calças com manchinhas na braguilha. Os assistentes dos motoristas não apenas anunciam os destinos da rota, como dão vislumbres do que os espera por lá.

Ao chegar à margem — agitação em jaquetas surradas com logotipos de times de futebol americano, bonés enfiados nos capuzes, lenços esvoaçando tufos de lã, vapores cinza —, você aceita a opção do cobrador com olhar turvo por trás da nuvem de tíner. Será preciso chegar de qualquer maneira àqueles destinos incendiados, casas que mais parecem pequenos quadrados com uma janela e uma porta, com poltronas dormentes, fachadas com pichações, promessas políticas igualmente incompreensíveis, vestígios de antigas inundações sob as secas atuais, meninas de nove anos vestidas com *jeans* que destacam o que só pode ser chamado de xoxota. E o sol sempre assim ao lado das casas de interesse social, arrasando, queimando, cuzão.

Mas, bem, eu tinha perdido o braço direito e, naquele ponto, ou seja, do outro lado da ponte Periférico, talvez distraído de tanta atividade, ainda não tinha me dado conta. Depois das sete da manhã, as bancas de discos piratas são montadas, sucessos de bandas estridentes que os transeuntes cantam distraidamente; pamonhas, *tacos* de carne, manchas de azeite e mijo; churros, lanches cheirados por cachorros perdidos; bandejas de pão que, aos olhos de tantos drogados que ali se espalham idiotizados, se transformam em mandíbulas monstruosas que os recuperam de seu apagão, por isso xingam a mãe em seus murmúrios ressentidos. E em cima B. B. King, tocando sua guitarra extasiado, ignorando que o som que nos chega é um pedido deslocado e ilógico. Foi assim que o notei, esperando um tanto inquieto pelo 623 A, com destino a Olivos.

Esperei até quarenta minutos por essa rota. Costumo me apoiar em um poste, em um telefone público e percebo como aquele frio cortante começa a se transformar. O calor se desenrola no asfalto, como um tapete velho, de sul a norte, ou seja, de López Mateos a Colón. Começa a pesar nas pessoas o monte de trapos com que saíram. Se livram deles quase sem perceber, obedientes a uma imposição louca, a mesma a que se submeterão pelo resto do dia em seu cotidiano. Levemente vestidos, eles são vistos como carentes de algo; como se algo muito particular deles tivesse se perdido. A partir de então, tal é o sentimento: a pessoa vagueia, suspeitando que em algum momento perdeu uma parte de si, sentindo nostalgia por algo que nunca teve.

E aparentemente isso pesa, desviamos de nossos olhares, olhamos com ressentimento para todos os lugares, murmurando palavrões.

E de vez em quando compramos o CD anunciado em papel fosforescente, que compila canções antigas com artistas contemporâneos, no espírito de esquecer que a verdade não cabe necessariamente na nossa subsistência diária. Já seriam por volta das sete e meia. E ainda a ausência do meu braço direito foi sentida.

Em outras ocasiões, estive mais consciente disso. Geralmente é o braço que se estende antes da chegada da rota que me leva ao trabalho. O motorista, conforme o vejo pelo para-brisa com a pilha de destinos manchados com tinta de sapato, lança um olhar vingativo antes de puxar sua engenhoca barulhenta e abrir a porta. Com o mesmo braço entrego a ele meu vale de professor, cinquenta por cento de desconto para mim, cem por cento de irritabilidade para ele. É a tarefa proposta para o meu braço direito, tão importante na minha vida, conferindo um grande valor.

Penso nisso regularmente enquanto viajo no banco de trás do micro-ônibus a caminho de cumprir minhas obrigações de trabalho, vendo como ao meu lado passa o Periférico que o motorista conduz a toda velocidade, levantando uma nuvem de ressentimento e deixando fincadas no chão entidades destinadas a permanecer ali para sempre. Posso ver o motorista abrigado em sua música, que canta a quintessência dos traficantes que todos nós, àquela altura do dia, gostaríamos de ser.

Ver as costas do motorista de camisa branca é como ver um saco pesado arremessado recentemente. Um peso ensacado mediante o qual se calcula a falsidade do mundo estabelecida como única realidade.

A Periférico é uma via larga e ruidosa com muitas pistas. Envolve toda a cidade. Se alguém abordar você em qualquer lugar e seguir direto, você acabará no mesmo local após várias horas de condução. Parece que há pessoas que dedicaram suas vidas a tal tarefa: levantar-se muito cedo pela manhã e dar tantas voltas quanto possível durante o dia. Ou caminhar pela avenida de um lado para o outro, a pé, de carro, de bicicleta, às vezes nos mesmos micro-ônibus, debruçando-se na janela com um gesto que denota que no final o arrependimento da empreitada os convenceu. Porque, no final, o que se sobrepõe à sua presença é um congestionamento. É comum vê-los detidos em um estado de reflexão, talvez ponderando como evitar a mutilação do espaço que a arquitetura vem fazendo com o engate, a poeira, os arbustos, os conjuntos habitacionais, a cor avermelhada dos muitos prédios semiconstruídos.

Reconheço que às vezes é inevitável entrar na Periférico e nunca mais sair. A pessoa é suscetível de se tornar um habitante, uma corporeidade eterna incapaz de dar o próximo passo. Porque a eternidade se expande em sua circularidade, em seu desvio total para a cidade, como um estado de gravidez que não termina de gestar. Sobre tal constrangimento, o dia a dia impacta sua pressa e aos poucos se configura a monstruosidade de dar voltas o dia todo em direções ditadas por vontades perversas.

Mas naquele dia o micro-ônibus não passava e eu ainda estava ali parado no ponto, ainda alheio à perda que logo perceberia. Não sei quanto tempo se passou, continuava minha intenção de ir trabalhar, à espreita do ônibus, e meu braço direito pronto para levantar e solicitar a parada, assim como diariamente por vários anos. Então, até por volta das sete e quarenta, acho que meu braço direito ainda estava lá comigo. Porque é claro que teria sentido a falta, supondo que fosse um ato muito perceptível. A não ser que eu estivesse distraído, pensando que em outros dias, naquele mesmo horário, já estava no meu caminho, me aproximando do trabalho, preocupado com o horário de chegada, por não gostar do meu coordenador; ou olhando para os lados, cansado de ver o motorista jogar espessos litros de Coca-Cola na sua barriga, consciente de atender ao cretino interior que ele precisa ser para aguentar as curvas restantes de sua jornada; ou detectando aquela corrida de asfalto escuro, que mobiliza uma constante passagem de luminosos com nomes bombásticos: "Excess", "Paradise Night Club", "Nice Girls Party", cujas portas a essas horas vomitam nas margens, entre arbustos e escombros de pneus, velhinhos deslumbrados com pés vacilantes segurados por senhoras obesas com sorrisos insones.

Esperando o 623 A, Olivos, já um pouco estressado porque naquela hora eu já deveria estar dando aulas para um grupo de adolescentes indiferentes ao meu braço direito ocupado apontando para o quadro-negro que ninguém veria por estarem concentrados em seus celulares, pensava no que não via, porque não havia subido em nenhum micro-ônibus: trabalhadores com pressa de chegar sabe-se lá onde, cães inchados em seu atropelamento recente, pastagens, mas sobretudo as centenas de pequenas cruzes daqueles que morreram no caminho de forma inesperada.

Seus nomes, data de nascimento e morte, as oferendas de seus parentes. Parados também como testemunhas minuciosas de que só o que corre é o Periférico e nada mais. Cruzes, altares, capelinhas que, na velocidade do trem, misturam suas formas, as cores de seus ornamentos, flores, velas, e configuram tantas outras, mais uma, correspondente ao dia de hoje, mesmo a de quem as percebe, porque, afinal, prevalece a circularidade eterna, e fica avisado que somos corpos vazios que nos enchemos com os dos outros; que na circularidade perseguimos inevitavelmente, por horas ou dias inteiros, até que, quando alcançamos, percebemos que quem estava na frente éramos nós mesmos. O mesmo que também pode estar debruçado na janela de um micro-ônibus, apreciando a passagem dos cenotáfios, sabendo que o mesmo fim nos espera resguardado em algum lugar próximo.

Mas, na verdade, enquanto esperava pelo meu ônibus, pensei que sem querer realizava um desejo oculto: não ir a lugar nenhum.

Porque isso também é facilmente detectável, do Periférico Sul ao Periférico Norte: centenas de pessoas que tomaram a decisão de não circular mais. Então você pode vê-los borbulhando com suas jaquetas grossas e chapéus de lã.

Nos bancos, que depois os governos municipais acomodaram em jardins lineares, canteiros, paradas de ônibus. Sentados, esticando as pernas, cochilando nas sombras, contando moedas para ver se dá para um café. Sem falar um com o outro, ou consigo mesmo, com cara de ter sido terrivelmente enganados.

Eu geralmente me viro para vê-los. A parada de ônibus está localizada ao lado de um campo de milho cercado. Mais adiante, corre numa ladeira que passa por cima da Periférico, o prolongamento de uma avenida que se torna estrada. Abaixo, foram colocados alguns bancos e um conjunto de canaletas entre a grama e as calçadas. Essa área fica atrás da parada; você tem que virar as costas no curso da estrada para ver aqueles que decidiram ficar por lá. Passei um bom tempo observando-os, tentando me aproximar e conversar com eles, perguntando como conseguiram se afastar da circularidade da estrada.

Por situarem-se atrás de onde se espera que apareça o transporte público, poucas pessoas olham para eles. Interessam a poucos.

Seria preciso forçar-se a desconsiderar os próprios assuntos para vê-los, mesmo que por alguns minutos. E, naquele dia, pouco antes de perceber a perda do meu braço direito, virei-me para vê-los, vi-os expelindo fumaça de cigarro e neblina matinal, como máquinas esgotadas. E enquanto eu os observava pensei que, naquele momento, eu teria que descer do micro-ônibus, dar o salto diário para o terreno que nenhuma administração conseguiu pavimentar, para começar a percorrer a distância até o meu trabalho. A primeira coisa que me faria virar para ver, porque ali está a descida, seria o cenotáfio cujo texto diz pertencer a Tranquilino López, um valente participante da Guerra Cristera (entre 1926 e 1929, contra a repressão do governo mexicano à igreja católica).

Provavelmente um habitante dos povoados vizinhos, que a cidade foi mastigando até se tornar um amontoado de conjuntos habitacionais de interesse social, com nomes irônicos, Coto de las Estrellas, Emperadores, Valle Imperio, Puerta del Ángel, malfeitos, saturados de membros de gangues e senhoras desordeiras que se vingam dos vizinhos tocando música no volume máximo. A cinco minutos do Periférico, dez, a quinze, na realidade, situados a distâncias impossíveis, horas de distância de vômitos espontâneos e posições insuportáveis no ônibus. Casas abandonadas por seus donos que não quiseram mais ou não puderam chegar; casas à mercê do câncer encapsulado em fumaça tóxica e radiação de antenas nas colinas.

No momento de caminhar em direção à escola onde trabalho, costumo reconhecer uma certa inveja por esses limites. Foi o que pensei ali mesmo, ainda sem perceber a perda do meu braço direito.

A passagem de uma ambulância forense, daquelas que costumam buscar o morto no local, me fez pensar em nós como indivíduos esperando nossa vez em uma fila de sacrifício. Atentos à petição das vítimas, aos tambores que denunciam a presença da morte no Periférico; morte que aprisiona no meio das enormes distâncias de sua circularidade, no meio da jornada para o trabalho, à casa que ficou ao longe; no meio da correria do tempo que não se ajusta, que começa com a ameaça de perder tudo e termina com uma bicicleta branca pendurada em um poste.

Concentrando-se um pouco, se a demora do transporte o permitir, pode-se detectar ali no meio do vendaval do Periférico, amontoados de colônias espremendo e extraindo em seu pus o delinquente que, de faca na mão, vai rebentar entre jatos de realidade avermelhada. Funcionários enlouquecidos se levantando determinados a ditar quem morre e quem vive em sua necrópole instaurada.

Assim, deu oito da manhã. Justo a hora de início da minha primeira aula como professor. Preocupado, tomei conhecimento do atraso. E das pessoas que seguiam ali, como se estivéssemos todos atrasados e partilhássemos da mesma preocupação. Então foram muitos de nós que moveram as mãos, como tantas outras vezes, em busca do celular para fazer a ligação e desculpar a ausência. Olhando para o horizonte, cansados de esperar, sem saber o que fazer com os suéteres, os lenços, que começam a causar coceiras e ondas de calor, temíamos não conseguir justificar nosso atraso. Até então, confesso, notava meu braço direito, quando via no movimento do braço dos presentes, e principalmente em sua mortificação, a presença atroz da submissão.

Por volta das oito e quinze, oito e vinte, o sol nas costas, verifiquei com vergonha a dolorosa subordinação de uma extremidade, tão fundamental no desenvolvimento humano: pontes, avenidas, universidades, aviões, o B. B. King na minha frente, o maravilhoso de aprender alguma coisa é que ninguém pode tirar isso de nós. Aquele gesto, a preocupação de estar atrasado, o movimento do braço direito procurando o celular para ver as horas, enxugando o suor da testa, despenteando o cabelo, coçando os nervos e tudo mais, era doloroso. A agitação do Periférico, seu colorido, a sua constante mobilidade, a sua imparável emissão de sons, era o fluxo eterno de um mecanismo avassalador onde um braço direito foi despojado de sua verdadeira função, de sua capacidade de tomar decisões.

Desanimado por saber que não sou o dono dos meus movimentos nem dos meus sentidos, com medo de perder o emprego, senti o peso no estômago e nas têmporas. Compreendi que a frase de B. B. King era mentira. Na verdade, serviu como uma expressão irônica: eles conseguiram tirar de nós. Tudo nos foi tirado, cada parte de nós, o que somos, o que sonhamos, o que poderíamos ter sido nos foi tirado. Julgando o grau de opressão, levei meu braço direito ao meu estômago, onde sentia os nervos fazendo bolas. Surpreso, não consegui cumprir meu propósito. Eu tinha perdido meu braço direito.

Eu soube na hora que não precisaria mais ir a lugar nenhum; não podia mais fazer nada pelos meus alunos, como sempre suspeitei. Olhei novamente para os bancos sob o viaduto onde ainda estavam sentados aqueles que não podiam ir a lugar algum. Caminhei em direção a eles e quando cheguei mais perto coloquei meu suéter, cachecol e chapéu de volta. O frio persiste por ali, não há calor. Eu disse "bom-dia" e alguém abriu espaço para mim. Outro queria iniciar algum tipo de diálogo, mas de repente um chiado de pneus e um baque chamaram nossa atenção. Alguém foi lançado vários metros à frente. Ainda pudemos vê-lo fazendo as últimas três ou quatro piruetas. Sentei-me e, em algo semelhante a uma saudação geral, desconsideramos o assunto. Do outro lado da rua, na estação do VLT, filas de pessoas continuavam sendo expulsas para o lado de fora. O mesmo ao contrário: centenas entraram.

Não sei quanto tempo eu passaria olhando a imagem, muito, pouco, não importava. Alheio às corridas, afastado da mobilidade repetitiva do dia, vi o sol se pôr, depois amanheceu, a noite caiu, e as pessoas passavam e passavam. Novamente olhei para o meu grupo, quando um deles se levantou e se ofereceu para pegar os cafés; esvaziei meu bolso e entreguei a ele as moedas que estava carregando. Ele piscou com cumplicidade ao ver os esforços lógicos de alguém sem o braço direito. Ele saiu e notei que não tinha a perna esquerda. Te esperamos aqui, murmurou outro. Estiquei as pernas e sorri. Ali esperaríamos, sem dúvida, como cenotáfios frios e duros espetados no Periférico.

Fonte:
Mel Pooly (título)
Georgia (texto)